2
宮之みやこ
ill. 早瀬ジュン
隠れ才女は全然めげない
義母と義妹に家を追い出されたので婚約破棄してもらおうと思ったら、
紳士だった婚約者が激しく溺愛してくるようになりました!?

CONTENTS

2
宮之みやこ
ill. 早瀬ジュン
隠れ才女は全然めげない
義母と義妹に家を追い出されたので婚約破棄してもらおうと思ったら、
紳士だった婚約者が激しく溺愛してくるようになりました!?

第一章　ルセル商会

「あのう、クラウス様。これは一体……？」

　ギヴァルシュ伯爵家の応接間。ジネットはクラウスの膝の上にちょこんと乗ったまま、ためらいがちに口を開いた。

　一方ソファに座っているクラウスはと言えば、ジネットを膝に乗せたまま満面の笑みを浮かべている。

　――応接間に入るなり「ジネット、こちらへ」と言われて従ったら、まさかの案内された先が彼の膝の上だったのだ。

「ん？　何か変わったことでも？」

　あまりに当たり前のように聞き返されて、ジネットはしどろもどろになった。

「変わったこと、と言いますか、その、今の状況そのものが変わっていると言いますか……！」

（も、もしかして私が知らないだけで、婚約者なら膝に乗るのは普通だったりするのかしら⁉）

　ジネットは商売の知識は誰にも負けないという自負があるが、逆に男女の付き合いに関してはまったく自信がない。どういうものがいわゆる正解なのか、いつもサラに聞いているくらいなのだ。

　けれど、今は頼みの綱であるサラはいない。

　代わりに目の前にいるのは――。

「まったく……。この私にこうも見せつけてくれるとは、君は本当にいい度胸をしているねクラウス？」

眉間《みけん》に青筋を浮かべ、引きつった微笑みを見せているのは、クラウスの友人でパキラ皇国の第一皇子キュリアクリスだった。

――そう。恐ろしいことに、クラウスはキュリアクリスの前でジネットを膝の上に載せているのだった。

「おや？　君ならこれくらいの光景、慣れっこだと思っていたのだが、そうでもないのかな？」

キュリアクリスの言葉にも視線にも動じず、クラウスは余裕しゃくしゃくの笑みを浮かべている。

「あいにく私はこう見えて品行方正なんだ。君のようなふるまいは一度もしたことはないぞ」

だが彼の遠回しの非難にもクラウスはまったくめげなかった。それどころか、頰を赤らめると照れたようにこう言ったのだ。

「そうか。だがキュリ、君にもいつかわかる時が来るよ。人間、愛しい女性ができると、片時も離したくなくなるという気持ちがね……」

彫刻のように整った横顔に赤みが差し、菫色《すみれいろ》の瞳が潤む。――その表情の色っぽさといったら、美の女神ですら照れて逃げ出してしまうだろう。

思わずジネットはごくりと唾を呑《の》んだ。

（照れたクラウス様もなんて美しいのでしょう……！）

「おかしいな。私は遠回しに非難したつもりだったのだが、なぜ惚気《のろけ》られているのだ？」

額を押さえながら言ったのはもちろんキュリアクリスだ。

だがすぐに彼は、何を言ってもクラウスに通じないと悟ったのか、はあと大きなため息をついた。

「……まあいい。それより、今日の本題だ」

「ああ、ぜひともそうしてくれ。君が話をしに来たのは、ルセル商会のことだったな」

〝ルセル商会〟

クラウスがその言葉を出した瞬間、ジネットはスッと背筋を伸ばした。釣られるように、キュリアクリスの顔も真剣なものに変わる。

——先日、紆余曲折《うよきょくせつ》の末、ルセル商会は義母レイラから取り戻した。

宝の持ち腐れにしないためにも、これから本格的に活動を……と考えていたところにやってきたのがキュリアクリスだった。

黒色の瞳をきらりと輝かせながら、褐色の肌をした見目麗しい皇太子は言う。

「ルセル商会は約束通りジネット嬢に返したが、この国で商売を始めたいと言うのは本音でね。そこで見返りというわけではないが、商会で勉強するために私を従業員として雇ってほしいんだ」

「キュリアクリス様を雇う……ですか？」

予想していなかった提案に、ジネットはぱちくりとまばたきをした。隣ではクラウスが何やらじっと考え込んでいる。

「……雇うということはもしかして、ジネットのそばでということか？」

「もちろん」

クラウスの問いに、キュリアクリスはにこりと微笑んだ。今日一番の笑顔だった。

「ただルセル商会で働くだけでは意味がないからな。やはりここは、ジネット嬢の手腕を近くで見なくては。神髄はそこにある」

「……ジネット、君はどうしたい？」

その質問には、ジネットの様子をうかがっている気配がした。けれど何も懸念のないジネットは当然、即座にこう答えた。

「私は大歓迎です！　むしろキュリアクリス様の力をお借りできるのでしたらぜひ！」

キュリアクリスはクラウスに負けず劣らず勉強熱心で、かつパキラ皇国の人間なのだ。ルセル商会やマセウス商会にはなかった新たな視点を学べる、絶好の機会とも言える。

ジネットの返答に、クラウスは「だと思ったよ」と呟《つぶや》きながら小さくため息をついた。

「本当なら即座に〝お断りだ〟と言いたいところだが、ルセル商会はジネットのものだ。私に決定権はない。それにキュリには権利書獲得の件で恩もあるからな……。残念だが、キュリをルセル商会に迎えるしかないようだ」

諦めたようなクラウスの言葉に、キュリアクリスは満足そうに笑った。それから大きな手をジネットに向かって差し出す。彼がにっこり微笑むと、浅黒い肌に輝く白い歯が光った。

「なら話は決まりだな。一緒に働けるのを楽しみにしているよ、ジネット嬢」

「はいっ！　よろしくお願いいたします、キュリアクリス様！」

その手をジネットが嬉々《きき》として握った。クラウスは微笑んでいたが、眉間にはしっかり青筋が立っていた。

――ちなみにあいかわらずジネットはクラウスの膝に座ったままなので、はた目から見るとさぞかし滑稽な姿だっただろう。けれどその場にはジネットたち以外には誰もいなかったので、そのことを指摘する人はいなかった。

◆

「――というわけで、今日からまたルセル商会の一員としてよろしくお願いいたします！」

久しぶりに訪れたルセル商会の直営本店には、長年父を支えてくれた仲間たちがずらりと並んでいた。彼らの多くは父と歳が近いため、従業員というよりは、もうひとつの家族に出迎えられたような気持ちになる。

そんな彼らの顔をひとりひとりゆっくりと見回しながら、ジネットは感極まったように言った。

「こうしてふたたび皆さんと働けてとても嬉《うれ》しいです。どうぞまた色々教えてください！」

元気いっぱいな声に、自然と店内から拍手が上がった。

「おかえり！　ジネットちゃん！」

「こっちこそまた一緒に働けて嬉しいよ！」

「思ったより取り戻すのが早かったじゃないか。さすがあたしのジネットちゃんだねぇ」

あたたかく朗らかな声にジネットは照れた。

「お義母様《かあさま》が、思ったよりも優しくしてくださいまして！」

けれどそう言った途端、なぜか従業員たちがぴたりと黙った。

それから何やら気まずげに「うーん……」と互いの顔を見合わせている。

「そう……なのかぁ？」

「あれのどこに優しさがあったんだ？」

「思い切り権利書を奪われていたよな……？」

ひそひそ、ひそひそと話は止まらない。そんな中、その場を制するようにパンパンと手を叩《たた》く音がした。

見ると、奥から出てきたのは身なりのいい男性だった。彼の姿に、ジネットのそばに立っていたクラウスが目を細める。

「あれは……ルセル家の家令じゃないか？　彼はルセル商会でも働いていたのか？」

クラウスの言う通り、目の前の男性は確かにルセル家の家令、ギルバートにそっくりだった。

きっちりと撫《な》でつけられたロマンスグレーの髪に、シャンと伸びた背筋。浮かぶ水色の瞳は穏やかで、片目につけられたモノクルが太陽光を反射してきらりと輝いている。

男性はクラウスの言葉を聞くとにこりと微笑んだ。

「どうも、弟がお世話になっていますよ、ギヴァルシュ伯爵様」

「弟？」

その単語にクラウスが眉をひそめると、代わりにぴょこんと身を乗り出した者がいた。

ジネットだ。

「あっクラウス様は初対面でしたか⁉　紹介いたしますね！　彼はギデオン。お父様と一緒にルセル商会を支えてきた右腕的存在で、同時にルセル家の家令、ギルバートの双子のお兄さんなんです！」

「双子の兄？　道理で……！」

クラウスが見間違えたのも無理はなかった。

実はルセル家の家令ギルバートとルセル商会のギデオンは一卵性双生児の兄弟。普段働いている場所は別々だが、一度並ぶと彼らを見分けるのはジネット以外には至難のわざだった。

「伯爵様のことは弟から色々聞いています。我らのジネットお嬢様をお守りくださっただけではなく、旦那様の捜索もしてくださっているのだとか」

そう言って感極まったように目を潤ませるギデオンに、クラウスは軽く首を振る。

「ギヴァルシュ伯爵なんて、そんな硬い呼び方はしなくていい。私たちはジネットとともに家族になったも同然なんだ。クラウスと呼んでくれないだろうか」

「では、お言葉に甘えまして」

「そうだ、ちょうどあなたたちに報告したいことがあってやってきたんだ」

そう言って、クラウスはスッと従業員たちを見回した。

本店にいる従業員たちは皆、ルセル男爵を囲む会――もとい、ルセル商会の中でもひときわ男爵に近く、長年働いてきた者ばかり。

そんな彼らが待ち望んでいるであろう報告をクラウスは持ってきたのだ。

「報告したいこと……？」

目を細めるギデオンの前で、クラウスが嬉々として言う。

「ああ。実は――ルセル男爵が生きていることがわかったんだ」

「なんですと⁉」

その言葉に、周囲から「おお！」『よかった！」といった声が一斉に上がる。

「そうなんです！　お父様、やっぱり生きていらっしゃったんです！」

クラウスの隣でこの上なくニコニコしているのはもちろんジネットだ。

――先日、父の捜索を頼んでいる調査員から急ぎの手紙が来た。

そこに書いてあったのは、調査員たちが近くにあった川をひたすらたどって行ったこと。そしてその先にあった小さな村のひとつに、父――ではなく、父の馬車に乗っていた御者がいたと書かれていたのだ。

彼は足を骨折しており、その怪我《けが》が完治していないためまだ身動きがとれなかったものの、ジネットの父が自分をここまで連れてきてくれたことを話したのだと言う。

そして父は身に着けていた金品と引き換えに、村の人たちに彼の面倒を見てもらうよう約束を取り付けた。

その後、父自身はというと――……。

「どうやら、村で困ったことが起きていたみたいでね」

ギデオンたち従業員を見回しながら、クラウスが続ける。

「不作続きだというのに税金だけがどんどん上がって、村の人々はとても困っていた。その時、ルセル男爵は気づいたんだ。その村で、農作物の買い取り価格が異様に低いということに」

気づいた父は、文字が読めない村人たちの代わりにすぐ買い取り商人のところに乗り込んでいったのだと言う。それからカタコトのノーヴァ語で何やらまくし立てたかと思うと、あっという間に商人を丸め込んで適正価格に変えてしまったのだとか。

「話がそこで終われば早かったのだが、村の困りごとはそれだけではなかったらしく」

クラウスがそう言った途端、ジネットを含めた皆が何かを察したように「あぁ……」と言った。

「お父様ならきっと、その人たちのことを放っておけなかったでしょうね……」

「普段は超合理主義なくせに、変なところで人情に厚いですからねぇ」

「ま、それが旦那様のいいところですが」

口々にこぼす人々を見ながら、クラウスがうなずく。

「あっちでお手伝い、こっちで事件……とやっているうちに、どうやら帝国内をかなり移動してしまったようでね。今、調査員が必死にその足取りを追っているんだ」

「でも……お父様がご無事で本当によかったです！」

頬を赤らめたジネットが嬉しそうに言う。それは心底喜んでいるのがわかる笑顔で、見ている者も思わず微笑んでしまう。

「なら旦那様が帰ってくるまで、みんなキリキリと働かないとな！」

「そうさね。帰ってきて業績が伸びてなかったらがっかりさせちまうから」

「はいっ！　皆様一緒に、またルセル商会を盛り上げていきましょう！　……あ、そうだ。もうひとつ皆様にお知らせがあります」

「もうひとつ?」

注目を一身に集める中、ジネットは後ろに控えていたキュリアクリスの方を向いた。

「皆様、紹介いたします。期間限定とはなりますが、今回新たにルセル商会に加わることとなりましたキュリ様でございます!」

ジネットの言葉に合わせて、キュリアクリスが一歩進み出た。

その姿を見て、従業員たちがハッと息を呑む。

すらりとした立ち姿に、浅黒い肌。凛々《りり》しい眉は野性味を感じさせつつも、同時に彫刻のように整った顔から高貴さも漂っていた。

蠱惑的《こわくてき》、と言ってもいい彼の華やかな雰囲気に、若い女性従業員がほぅと頬を赤らめている。

「どうもよろしく。私のことはキュリと呼んでください」

その笑顔に、ルセル商会の中でも特に見識高いギデオンが「おや?」と眉をひそめる。

「気のせいでしょうか……。どこかでお顔を見たことがあるような」

「きっ、気のせいじゃないでしょうか⁉」

ジネットはぎくりとして、あわてて遮った。

実はキュリアクリスから「普通に扱われたいから極力正体は隠しておいてほしい」と言われていたのだ。そのため名前も、従業員たちには「キュリ」として紹介している。

「と、ともかく! 皆様キュリ様をよろしくお願いいたします!」

ジネットの言葉に、皆まだ戸惑いながらもパチパチと拍手をした。

◆

「ふぅ。さすがに商会長ともなると、やることがぐっと増えますね……！」

夜。ギヴァルシュ伯爵家にある自分の書斎で、ジネットは書き終わった書類をトントンとまとめながら呟いた。

以前父の手伝いをしていただけの時とは違い、今は新規計画の他に各店舗の資金管理や人員計画など、多岐にわたる仕事がジネットに任されている。もちろん大部分はギデオンや担当者らがある程度整えてくれるものの、目を通すだけでもかなりの時間がかかるのだ。

ジネットがふぅと息をつくと、すかさずスッとお茶の入ったティーカップが差し出された。それを差し出したのは侍女のサラ――ではなく、クラウスだった。

「疲れただろう。サラが淹《い》れてくれたお茶でも飲んで、ひと息つくといい」

「あ、ありがとうございます」

（お仕事に集中していてすっかり忘れていたけれど、そういえばクラウス様もいらっしゃるのだった……！）

壁のそばでは、お茶を淹れてくれたサラがニコニコしながらこちらを見ている。

毎日、というわけではないが、あいかわらずクラウスはなかなかの高頻度でジネットの書斎を訪れていた。ジネットは一度集中すると周りが見えなくなるため、特に気にしたことはないが……。

（クラウス様は私がいてもお邪魔にならないのかしら……？）

なんて思いながらカップを受け取ると、ふんわりといい匂いがただよってくる。ジネットはそれを胸いっぱいに吸い込んだ。

「いい匂い……！　これはカモミールですね！」

「カモミールはリラックス効果があるし、体も温めてくれるからね」

「それに見た目もとっても綺麗《きれい》ですね！　お茶の中にお花が咲いています！」

そのお茶はジネットの言う通り、ただのお茶ではなかった。

澄んだ琥珀色《こはくいろ》の液体の中に、いくつもの小さなカモミールの花がぷかりぷかりと浮かんでいたのだ。まるでカップの中に小さな花畑が広がっているみたいで、ジネットはうっとりと見惚《みと》れた。

ジネットの反応に、クラウスがふふ、と嬉しそうに微笑む。

「極東の地に〝花茶〟というお茶があるんだけれど、カップの中に美しい花が咲くんだ。それをうちでも何か真似できないかと、カモミールを浮かせてみたんだよ」

「とても素敵だと思います！　カモミールは香りや味がとても素敵ですが、目でも楽しめるのなら百点満点ですね！　……あっもしかして次はこれをマセウス商会でお売りに⁉」

ピンと来たジネットが尋ねると、クラウスが「そうだよ」と微笑む。

「この商品なら、マセウス商会の客層とぴったりだからね」

権利書を取り戻してすぐ、ジネットはクラウスと今後どうするかを相談し合った。キュリアクリスは「ジネット嬢のほうがいいな」と言ってマセウス商会を手放したため、ふたつの商会はすべてジネットたちの手に戻っていたのだ。そのままふたつの商会を合併してもよかったのだが、商会はそれぞれ異なる客層を持っている。そのため考えた末に、ルセル商会は性別問わず万人向けの商品を、マセウス商会は主に女性向けの商品を売ることとなったのだ。

「その方が、節税にもなりますしね！」

ジネットは輝くような笑顔を浮かべて、グッと親指を立てた。

きっとアリエルや社交界の人々だったら「まぁ、なんて卑しいことを考えているのかしら」と非難してきただろう。けれどクラウスだけは別だ。

「お金は大事だからね。合法的に抑えられる出費はすべて抑えてこそだ」

うんうんと、聖人の微笑みとも称される優雅な笑みを浮かべてうなずいている。

それを見ていたサラがふふふと笑いながら言った。

「きっと皆さん夢にも思わないでしょうね。おふたりがにこやかに話している内容が、まさか節税についてだなんて」

「社交界の人たちはお金の話を卑しいものだと考えているからね……。特にご婦人は」

クラウスの言葉に、ジネットも深く深くうなずいた。実際、ジネットも商売の話をしたことで散々馬鹿にされ笑われてきたのだ。本人は全然気にしていなかったが。

「あっ！　でもクリスティーヌ様なら気にせず楽しく話してくれる気がします！」

——クリスティーヌ・パブロ公爵夫人。

彼女は元王女の美しい夫人で、そして貴族のご婦人として初めてジネットの能力を認めてくれた人だった。前回、社交界で抜群の影響力を持つ彼女がジネットの商品を後押ししてくれたからこそ、〝オーロンド絹布《けんぷ》〟の爆発的ブームが巻き起こったのだ。

いわばジネットと、マセウス商会の恩人でもあった。

「そうだね、僕もそう思うよ。夫人にもこのお茶を贈るつもりだ」

「とてもいいと思います！　クリスティーヌ様、きっと喜んでくださると思います！」

言いながら既にジネットは、喜ぶクリスティーヌ夫人の姿を思い浮かべていた。

彼女は本当に明るく朗らかで、そして気持ちのよい人物なのだ。

たとえ手土産がダンゴムシだったとしても、クリスティーヌ夫人なら目を丸くした後、「なんて立派なダンゴムシなのでしょう！」とからから笑ってくれるだろう。……ただし、夫のパブロ公爵に「妻になんてものを！」と怒られるのは間違いないが。

「ところでルセル商会の方では、次シーズンは何を売るのか考えているのかい？」

聞かれてジネットはうーんと言葉を濁らせた。

「それが実はまだでして……。ただ、キュリアクリス様が何やら用意しているらしいので、明日商会でお会いする約束なんです。『その時に見せてあげるよ』とおっしゃってました」

「……ほう？」

その瞬間、なぜかクラウスの瞳がきらりと光った。

「……ジネット。念のため聞くけど、まさかふたりきりで会うわけではないよね？」

「ふたりきりでは会いませんよ。ギデオンさんはいませんが、サラが一緒です」

ジネットの言葉に、そばに立っていたサラが「はい！」と力強くうなずく。

「クラウス様！　私が全力でお嬢様をお守りいたしますのでご安心ください！」

どん、と力強く胸を叩くサラを見て、ジネットは首をかしげた。

（うん？　守る……？　何からかしら……？）

「それなら……大丈夫なのかな……しかし……うーん……やっぱり不安だ……」

サラの太鼓判にもクラウスは納得いかないようで、何やらブツブツ言い続けている。

ジネットはそっと申し出た。

「あの、大丈夫ですよクラウス様。たとえキュリアクリス様が王族だとしても、私はひるんだりしません！　商人として、立派に対応いたします！」

「いや、そうではなくてね……」

（あれ？　違ったかしら？　てっきり、キュリアクリス様相手に私が遠慮していい仕事ができなくなると心配していたのかと思っていたのだけれど……）

結局その日はずっと、クラウスは寝室に消えるまでずっとうんうんうなったままだった。

◆

そして翌日。

「まあこうなるだろうとは思っていたが、たまには予想を裏切ってほしいものだな？　クラウスよ」

打ち合わせのためにルセル商会の会長室にやってきていたキュリアクリスは、まるで番犬のように
ジネットのそばに立つクラウスを見て、これ見よがしに大きなため息をついた。

「悪いね、キュリ。だがこれだけはどうしても譲れなかったんだ。サラがいるとは言え、君が本気で
ジネットを口説きに来たら、僕でないと止められない気がして」

それに対してクラウスは、口では悪いと言いながらも実際はこれっぽっちも悪びれた様子はない。

その飄々《ひょうひょう》とした様子に、ジネットはてっきりキュリアクリスが怒るのかと思ったのだが……予想に
反して彼はにやりと笑った。

「……よくわかったな。護衛があの可愛らしいお嬢さんひとりだったら、なんとでも理由をつけて追っ
払ってしまおうかと考えていたんだが」

思わぬ企みに、侍女のサラが苦い顔でうめく。

「うぐぐ……力不足、無念です……！」

「気にしないでくれサラ。どうせ彼のことだからそんなことだろうと思ったよ。欲しいものは何でも
手に入れる君が、そうやすやすとジネットを諦めるとは思えないからね……」

「ご名答」

そんなふたりのやりとりを、ジネットは視線を行ったり来たりさせながら聞いていた。

（あれ？　もしかして私……狙われていたのですか⁉）

そういえば権利書を取り戻した直後に、キュリアクリスが言っていた気がする。

『その代わり本気になったら絶対にめげないし、諦めないんだ。きっと君を皇妃として連れ帰ってみせる』

と。

(た、確かにそんなことをおっしゃっていた気がしますが……まさか本気で⁉)

ジネットは困った顔でぱちぱちと目をまばたかせた。

クラウスから「好きだ」と言われていることだってまだどこか信じられない気持ちでいるのに、キュリアクリスまで加わるだなんて。

(ど、どうしよう……とりあえず)

困った末に、ジネットはぎゅっと手を握った。

(商売しましょう!)

「あの!」

突如大声を出したジネットを、ふたりが驚いた顔で見る。

「本題に戻りましょう！　キュリアクリス様が「見せたいもの」とおっしゃっていたのは、何だったのでしょう⁉」

「ああ……」

その言葉でようやく思い出したように、キュリアクリスは手に持っていた箱をテーブルの上に載せた。

そして彼が箱の蓋を開けると――。

「これは……植木鉢ですか？」

中から出てきたのは、どこからどう見ても素焼きの植木鉢だった。中には土から覗く何かの球根が埋もれている。キュリアクリスはうなずいた。

「ああ。これが私から提案したい――チューリップという花なんだ」

「チューリップ」

その花の名を、ジネットは聞いたことがあった。

この国ではほとんど見かけないが、キュリアクリスの生国であるパキラ皇国でよく栽培されているものだ。パキラ皇国ではチューリップは神聖な花として扱われ、皇帝の帽子にすら刺繍《ししゅう》されるほど。花自体も大きな花弁が非常に色鮮やかで、見目麗しい花だと聞く。

「チューリップ自体は知っていますが……なぜこれを選んだのでしょうか？」

不思議に思ってジネットは尋ねた。

確かにチューリップは、この国にはない花なので珍しいことは間違いない。しかし珍しさだけで言うなら、パキラ皇国にはもっと珍しいものがたくさんあるはずだ。

目にも鮮やかな色合いの平織り物に、美しい模様を描いたガラス細工。何を隠そう、ジネットが以前販売したモザイクランタンも、パキラ皇国のモザイクランプをモデルにしているのだった。

それに引き換えチューリップは珍しいものの、生薬などに使われるわけではないため他の植物に比べて用途は限られている。

何より〝花〟なので、どうしても開花まで時間がかかってしまうのだ。咲いて初めて価値が出る花を何カ月も待つのは、商品として取り扱うにはやや難しかった。

そんなジネットの無言の問いかけに答えるように、キュリアクリスはふっと余裕たっぷりに笑う。

それから中の球根を取り出し、まるで大粒の宝石を掲げるように皆の前に掲げてみせる。

「知っているか？　チューリップという花はおもしろいんだ。種から育てるととんでもない時間がかかるが、球根を使えばその間はグッと短縮される。おまけに、ひとつの球根から複数の〝子球〟と呼ばれるチューリップの赤ん坊ができるのさ。これによって同じ色のチューリップをいくつも増やせる」

ジネットは何も言わず、じっとキュリアクリスの言葉を聞いていた。

（確かに増やせるのは便利だけれど……それだけだわ）

キュリアクリスが賓客《ひんきゃく》だからと言って、変に忖度《そんたく》したりしない。きちんと自分で価値があると思えない限り、ジネットの瞳は輝かないのだ。

ジネットの反応がかんばしくないことに気づいたキュリアクリスが、またにやりと笑う。

「ま、ただ口で説明しただけじゃわからないだろう。こんなこともあろうかと、ちゃんと実物も用意してきたんだ」

言いながら彼がパチン、と指を鳴らすと同時にノックの音がした。どうやら、彼の部下が外で待機していたらしい。

「どうぞ」

ジネットの許しを得て扉が開き、そしてうやうやしく入って来た男性が抱えていたのは――。

「……わあ！　なんて綺麗な色！」

ジネットは思わず声を上げた。

男性が抱えていたのは、レッド、ホワイト、イエロー、ピンクの色をしたチューリップの花束だ。

その花弁はどれも染料で染め上げたように色鮮やかで、その場の空気が一気に華やぐ。

キュリアクリスはその花束を受け取ると、色気たっぷりの笑みを浮かべて今度はうやうやしくジネットに向かって差し出した。

「どうぞ、マドモアゼル。これは私からのお近づきの印です」

「キュリ！」

すかさず、険しい表情をしたクラウスが一歩進み出る。けれどキュリアクリスはそれを見て「おっと」と茶化すように言った。

「いくら婚約者だからって、私が花を贈ることすら禁止するわけじゃないだろうね？　それにこれは贈り物ではなく、商売の見本品だが？」

「……確かにそう言えなくもないが！」

屁理屈《へりくつ》に、クラウスがグッと言葉に詰まる。

一方のジネットは、クラウスがキュリアクリスの名を呼んだ時には既に花束を受け取っていた。

「わあ！　わああ!!　なんということでしょう！　以前お父様に本物のチューリップを見せてもらったことがありましたが、これほどまでに色鮮やかではありませんでしたよ!?」

言いながら、一枚一枚の花弁をそっとつまみ上げてじっ……くりと観察する。

「すごい……色むらのない、均一の濃さ！　しかも三百六十度どこから見ても美しい！」

「そうだろう。何せこの球根の産地は、パキラの宮殿だから」

「パキラの宮殿」

その言葉に、ジネットがぴくりと震える。

皇族が住むパキラの宮殿は、皇国のありとあらゆる富が集まる場所。使われるものは一流品を通り越して、パキラ一だと相場が決まっている。

当然そこに咲いている花だって、〝パキラ一〟の花なのだ。

「珍しく、美しい花。それだけでも十分な価値があると思っているが、そこに加えてパキラ一という冠がつくならどうだ？　こんな珍しいものはきっと――」

「皆様が欲しがりますね⁉」

天啓を得たように、ジネットはクワワッと目を見開いた。

先ほどとは打って変わったジネットの勢いに、気圧《けお》されたキュリアクリスが驚いた顔をする。ジネットはハッとした。

「もっ！　申し訳ありません！　キュリアクリス様の言葉に被せてしまいました！」

「構わない。それだけの価値がこの花にはあると、気づいた証拠でもあるだろう？」

「はい……！　確かにこの花には、大変な価値があると思います……！」

言いながら、ジネットは既に頭の中でカシャカシャと計算していた。この球根ひとつに、一体いくらの値がつけられるのかを。

（社交界の皆様は権威が大好き！　であれば通常のチューリップよりも桁をひとつ多く……いえ、ふたつ多くてもいけるかも⁉）

その間に、先ほどから真剣な表情になっていたクラウスが確認するように尋ねる。

「キュリ。仮にこの球根を売るとして、一体どれほどの数を用意できるんだ？」

「おや？　先ほどまであんなに嫉妬で目が曇っていたのに、急に現実的な話をしだしたな？」

「そりゃそうさ。目の前にあるのは金の卵ならぬ、金の球根。興味がわかないのなら、それはもう商売人失格だよ」

「商売人？　お前は領主なのかと思っていたが」

「領主兼、商売人さ。収入は多ければ多いほどいいだろう？」

不敵に笑うクラウスに対して、キュリアクリスも笑みを深めた。

「それでこそ私の友だな。……そして質問の答えだが、そうだな。君たちのオーロンド絹布と同じぐらいの数は用意できるだろう」

「そんなにですか⁉」

ジネットは驚いた。

記憶によると、元々チューリップは他国で愛好家がいるくらいには人気が出ていると知っていたが、同時に数の確保に苦労しているという話も聞いていたのだ。

「私を誰だと思っている。元々パキラ皇国ではチューリップ栽培が盛んなのもあって、趣味で育てていたんだよ」

「なるほど……！」

商売として成り立つくらいなのだ。キュリアクリスの言っている〝趣味〟は、きっとジネットたちとは規模が違うのだと容易に想像できた。

（この方なら山ひとつ分くらい、軽々と提出してきそうです……！）

見せつけられた皇太子の貫禄《かんろく》に、ジネットはごくりと唾を呑んだ。

「さすがです……！　そうと決まれば、すぐにでも販売戦略を考えましょう！　サラ、みんなを呼んできてくれないかしら！」

「はい！」

すぐさま駆けていくサラに「お願いね！」と声をかけてから、ジネットは腕を組む。

「となるとやはり、最初のお披露目は舞踏会がベストでしょうか？　それともまたクリスティーヌ夫人のサロンで……？」

人が多いのは舞踏会だが、じっくり話をするならやはりクリスティーヌ夫人のサロンの方が何かと向いている。考えているとクラウスが言った。

「数が少ないのなら夫人のサロンで付加価値を上げてからがいいと思うが、キュリは在庫数には自信があるのだろう？」

「もちろん」

キュリアクリスが自信たっぷりにうなずいた。

「だとしたら、舞踏会がいいんじゃないかな。オーロンド絹布の時と似てはしまうが、花の美しさを活かしたドレスをジネットに着てもらうのはどうだろう？　うまく再現できれば、きっと会場中がふたたびため息で包まれるだろう」

今度はクラウスがうっとりした表情で言う。その顔は今日一番活き活きしている。反面、それを見たキュリアクリスがめんどくさそうにハァとため息をついた。

「お前のそれは、ジネット嬢を飾りたいだけだろう」

「もちろん！　それに何か問題でも？」

キリリとした表情になるクラウスに、やれやれといった様子でキュリアクリスが首を振る。

「いや、ない。派手であれば派手であるほど、人目を集めるだろうしな。……ただ、もうひとつだけ付け加えておくが、チューリップの花のすごいところは綺麗な見た目だけではないぞ」

（それだけではない？）

キュリアクリスの思わせぶりな言葉に、ジネットはクラウスと顔を見合わせた。

「説明するから、ふたりとも耳を貸してくれ」

言われてふたりは大人しく従った。

ひそひそ、ひそひそと彼の口からチューリップの秘密が明かされるにつれ、ジネットの緑がかった灰色の瞳はきらきら、きらきらと輝いたのだった。

第二章　『スペルヴァンホーデン』

「まあ、ジネット！　そのドレスはなあに？　とても素敵だわ！」

いくつもの巨大シャンデリアがきらめく舞踏会場。

出会ったクリスティーヌ夫人は開口一番、興奮を隠しきれないといった様子で口を押さえた。

「ねえ見てあなた。ジネットったら、まるで大きなお花みたいだわ！」

「うむ。これは見事だな。一体なんの花を真似ているのだ？」

普段あまり女性のドレスには関心を示さないパブロ公爵も、髭《ひげ》を撫《な》でながらまじまじとジネットを見つめている。

——今夜ジネットが着ているのは、チューリップを模したドレスだった。

波打たせるように裁断された黄色のサテン生地は、滑らかなチューリップの花弁を模したもの。さらにその花びらを何枚も何枚も重ねていくことで、まるでチューリップの花が下に向かって咲いているような形を再現するのに成功したのだ。

その姿はさながら、大きなチューリップを纏《まと》っているみたいだった。同時にそれだけ大胆なデザインでありながら、サテン生地の上品な光沢のおかげで、奇抜さよりも高級感がただよっている。その部分もまた、チューリップのあでやかさを表現しているようでジネットのお気に入りだった。

パブロ公爵夫妻の言葉に、そばにいた貴婦人たちも楽しそうに囁《ささや》く。

「本当だわ」

「なんて素敵なドレスなのかしら」

「見て。胸元と、髪飾りもお花よ」

ご婦人たちの目ざとさに、ジネットはにっこりと微笑んだ。

ジネットの髪にも、本物の黄色いチューリップで作られた髪飾りが結われている。生花とは思えない色合いの鮮やかさと瑞々《みずみず》しく保たれた美しさに、また周囲からため息が漏れる。

ジネットは照れたように言った。

「ありがとうございます、クリスティーヌ様、パブロ公爵閣下」

「今夜のジネットは、まるで花の妖精のようでしょう?」

そこへうっとりとした表情で言ったのはクラウスだ。

彼はすばやくジネットの手を取ると、そのまま軽く口づけた。

ちゅ、という唇の触れる音に、上目遣いでジネットを見るクラウスの菫色《すみれいろ》の瞳は濡《ぬ》れている。

いつにもましてとんでもない色気を放つクラウスの姿に、ジネットは思わずごくりと唾を呑《の》んだ。

そばでは「はぁっ……!」という悩ましい叫びとともに、ひとりのご令嬢が失神した。

「こんな美しい女性はこの国の……いや、この世界のどこを探してもいないと思いませんか閣下」

「君はあいかわらずだね、クラウスくん」

と苦い顔なのはパブロ公爵。そんな男性陣ふたりには構わず、クリスティーヌ夫人がうきうきとした様子で言った。

「ねえジネット、もしかして髪飾りと胸元につけているお花がモチーフなの？」

それは宝物を見つけた乙女のような表情だった。バイラパ・トルマリンカラーの青緑の瞳が、ひときわ明るく輝く。

「そうなんです。これはチューリップというお花でして」

言いながらジネットは、胸元に咲いていた赤いチューリップのうちのひとつをするりと抜いた。縫い付けられていたのも本物のチューリップだった。

「よければ一輪どうぞ」

「まあ！　なんて素敵な贈り物！」

クリスティーヌ夫人は嬉々《きき》として受け取った。それからジネットを真似るように、そっと髪にあてがってみせる。

「とてもよくお似合いです！」

夫人の透き通るようなプラチナブロンドに咲いた、一輪の真っ赤なチューリップ。それは元々つけられていた髪飾りと合わさって、クリスティーヌ夫人をさらに、より美しく輝かせていた。

隣ではパブロ公爵が、ぽかんと口を開けて夫人に見惚《みと》れている。その反応に、クリスティーヌ夫人もまんざらでもなさそうだ。

かと思った次の瞬間、彼女はいたずらっぽい笑みを浮かべていた。

「ねえジネット。あなたがこれを持ってきたということは、きっとこのお花に何か秘密があるのでしょう？　もしかして、次回の新商品はこれかしら？」

（さすがはクリスティーヌ夫人ですね！　私が何をしようとしているのか、すぐに察してしまわれたようです！）

「ジネットの新商品」という単語に、周囲にいた貴族たちからざわめきが上がる。それも無理のない話だった。彼らは皆、前回ジネットが持ち込んだオーロンド絹布《けんぷ》のブームを覚えているのだ。

すぐさま流行に乗り遅れまいと「ねぇ、わたくしにも見せてくださらない？」とご婦人や令嬢たちが集まってくる。

クリスティーヌ夫人はそんな彼女たちにも見えるようにチューリップを高く掲げると、うっとりと言った。

「異国情緒のただよう、見たことのない花だわ。それに色がくっきりしていて、なんて鮮やかな色なのかしら。見ているだけで元気をもらえるようよ」

「これはチューリップという花なんです。ある方のご紹介で、パキラ皇国の宮殿で育てられていたものを入手するのに成功いたしました」

「ほう？　パキラ皇国の宮殿？」

その単語に反応したのはパブロ公爵だ。同じくクリスティーヌ夫人もパキラ皇国の名を聞いて、ハッとしたように目を丸くする。

「まあ！　宮殿にこんなお花が咲いていたなんて。……もし運命が違っていたら、わたくしはこのお花を宮殿で見ることになっていたのかしら」

その表情には、どこか懐かしむような、遠いところを見るような光が宿っている。

（クリスティーヌ様が宮殿……？）

どこかでその話を聞いたような、とジネットが目をぱちぱちとしばたたかせていると、先にクラウスは何かを思い出したらしい。

「……そういえば、クリスティーヌ夫人は元々、パキラ皇国に嫁《とつ》ぐ予定だったそうですね？」

「あっ！　そういえば！」

確かにジネットも以前、父から聞いたことがある。クリスティーヌ夫人は元々、王女としてパキラ皇帝に嫁ぐ予定だったと。

けれどそこにパブロ公爵が現れ、見事パキラ皇帝の難題を解決することでクリスティーヌを娶《めと》る権利を勝ち取ったのだという。

「あら、ふたりともご存じなのね。あなた方が生まれる前の話なのに」

「父から聞きました」

「私もです！　なんでも世紀の大恋愛だったと！」

クラウスが微笑みながら、ジネットが興奮しながら言うと、クリスティーヌ夫人は恥ずかしそうに笑った。

「うふふ、そうなの。レイトンったら、本当にすごい活躍をしてきちゃって。今の姿からは想像もつかないでしょう？」

言いながら、クリスティーヌ夫人がレイトン、もといパブロ公爵の出っ張ったお腹を撫でまわした。

「す、少し丸くなっただけだ」

「そうね。いかつい熊さんが、可愛い熊さんに変わっただけですものね？」

くすくすと笑うクリスティーヌ夫人の顔は、本当に幸せそうだった。

パブロ公爵を見つめる目に宿るのは、紛れもない深い愛情。そして気まずげに咳《せき》払いしているパブロ公爵もまた、照れつつも優しい瞳でクリスティーヌ夫人を見守っている。

結婚して二十年経とうとも、ふたりの愛情は変わらぬどころか、より深くなっている――そう思わせる眼差しだった。

思わずジネットの口から、ほぅとため息が漏れる。

(なんて素敵なおふたりなのかしら……。いつか私も、こんな夫婦になりたいわ……)

そして気づく。

(ってあら？　私と夫婦ということは、当然夫は婚約者であるクラウス様よね……？)

二十年も経ったら……ふたりの顔には多少なりともしわが刻まれるだろう。

もしかしたら、子どもだっているかもしれない。

年を重ねた自分とクラウスと、そして生まれた子ども――その並び立つ姿を想像して、ジネットはぽっと顔が赤くなるのを感じた。

「ジネット？　どうしたんだい？」

つい両手で頬を押さえてしまったジネットを、すぐさまクラウスが心配そうに覗《のぞ》き込んでくる。

さらりと揺れる銀色の髪から見えるのは、アメジストのような紫の瞳。少し心配そうな表情もまた絵になるほど麗しくて、ジネットはあわてて目を逸らした。――いつも以上の美しさに、ジネットが耐え切れなくなったのだ。

「い、いえっあの！」

（こ、このまま見つめていたら、まぶしすぎて失神してしまう……!!）

そういえばさっき、どこぞの令嬢がクラウスを見て失神していた。そのことを思い出して、ジネットは彼女の二の舞にならないよう急いで呼吸を整えた。

「その、おふたりの仲睦《なかむつ》まじさがあまりにまぶしくて、動悸《どうき》が……！」

（う、嘘《うそ》はついていない！　……と思う！）

「うふふ、ありがとう。嬉《うれ》しいわ」

上機嫌そうなクリスティーヌ夫人に、ジネットは「そうだ！」と声を上げる。

「あの、よければ今度、その話を詳しく聞かせていただけないでしょうか。私も酔っぱらった父から聞いただけなので、ぜひクリスティーヌ様から直接聞きたいんです！」

「私たちの話を？　構わないけれど……二十年も前の話よ？　退屈じゃないかしら？」

「いえっ！　全然!!　皆様興味あると思いますし、何なら本にいたしましょう！　いえ、むしろ戯曲の方がいいかしら……!?」

残念ながらジネットには物語を紡《つむ》ぐ才能はないのだが、それならできる人を雇えばいいだけ。

小説家か脚本家を雇ってラブストーリーにしてはどうだろうか、とジネットは真剣に考えていた。うまくいけばパブロ公爵夫妻の名は物語として語り継がれ、後世に名を遺すかもしれない。

（ああ！　そうだ！　それがいいわ！　おふたりにはきっとそれがふさわしい！　次の結婚記念日にお贈りするのはどうかしら⁉　ならまずは小説家を見つけないと。頼むなら思い切り、ロマンチックに書いてくれる方がいいもの！　たしか文学に造詣の深い、パトロンもしていらっしゃるおじ様がいらっしゃったような……！）

「……ット。ジネット」

その時突然ふっ、と耳元に息を吹きかけられ、ジネットは「ひゃい⁉」と叫び声を上げた。見ると、クラウスがくすくすと笑いながらこちらを見ている。彼だけではない、クリスティーヌ夫人もだ。どうやらまた、いつの間にか自分の世界に浸ってしまっていたらしい。

「あ……！　わ、私ったら……！」

「もう慣れたわ。その楽しそうな話も、今度聞かせてちょうだいね」

しゅんとするジネットに、夫人は優しく語り掛ける。

「そうだ。私が話を変えてしまったけれど、そのチューリップというお花について続きを聞かせてくれないかしら？　とても綺麗《きれい》なお花だわ。あなたの商店に行けば買えるの？」

「もちろん買えます！　……と言っても、今回お売りするのは球根の方なんです」

「球根？　……咲く前のお花、ということよね？」

「はい！」

ジネットは答えた。周囲ではまだ貴族たちが話を聞いてくれている。絶好の機会だった。

「……ちなみに今回は、全部パキラ皇国の宮殿産だというお墨付きではありますが、あえて花の色を明かしておりません。そのため咲くまでお花の色はわからないんです。花開くのが赤なのか白なのか。黄色なのかピンクなのか。それとも違う色なのかは……咲いてからのお楽しみです！」

ジネットの言葉に、クリスティーヌ夫人がおもしろがるように目を細める。

「へぇ？　くじ引きみたいでちょっとおもしろそうだわ」

「それだけではないいんですよ」

そこでジネットは、意味ありげににこっと笑ってみせた。

――チューリップはこの国にはない珍しい花だ。

さらにパキラ皇国の宮殿産とあれば、珍しいものと権威あるものが大好きな貴族たちにとってはそれだけで売れ筋が保証されたも同然。なぜなら『パキラ皇国一の花が庭に咲いている』のは、それだけでステータスになるからだ。

ステータスシンボルとしての花。それがチューリップの強みだった。

そしてもうひとつ。

『チューリップは他の花にはない秘密があるんだ』

キュリアクリスが囁いた言葉を思い出しながら、ジネットはゆっくりと言葉を紡いだ。

ここからが、チューリップの真髄だった。

「チューリップは、突然変異を起こすんです」

ジネットがそう言うと同時に、隣に立っていたクラウスがスッと胸ポケットに刺さっていた一輪のチューリップを取り出した。

それを見て、ジネットたちを取り囲んでいた群衆から、「まあ！」「見て！」と大きな歓声が上がる。

目撃した公爵夫妻も目を丸くした。

そのチューリップは、クラウスのポケットに入っている時はただの黄色いチューリップに見えていた。けれど取り出してみると、下半分が赤色をした二色の花だったのだ。

「花に……二色混じっているわ……！　なんて美しい色合いなの」

魅入られたようにじっと見つめるクリスティーヌ夫人に、そして周囲にいるご婦人たちに向かってクラウスが美しい笑みを浮かべる。

ここからは彼の出番だ。

クラウスが低く落ち着いた声で、ゆっくりと皆に語り掛ける。

「チューリップは生育過程で、このように突然変異を起こすことがあるんです」

突然変異が起こると、チューリップの色は単色から多色に変わる。

クラウスが持っているもののように上下で色が分かれるものもあれば、違う色の筋が入ったように色が出るものもあった。

「突然変異は人為的に起こせるものではなく、どんな色が出るかは完全に運任せ。ある意味〝神々の戯れ〟とも言える現象なのですよ」

「ほう、神々の戯れか……おもしろいことを言う」

パブロ公爵も興味が出てきたらしい。じっと価値を見定めるようにチューリップを見つめている。

「このチューリップ……名を『スペルヴァンホーデン』と名付けたこの花は、パキラ皇国の宮殿に咲く高貴な花です」

クラウスは二色チューリップを周りにいる人たちに見せつけるように、ゆっくりと掲げてみせた。

「さらに突然変異を起こすことで、パキラ皇国の宮殿ですら見たことのない、あなた方だけのチューリップが咲くこともあるのですよ。……宮殿にすらない美しい花を独り占めだなんて……とても魅力的だと思いませんか？」

言って、クラウスはチューリップに口づけてみせた。

それは普段、紳士的な態度を崩さない彼にしては珍しい、淫靡《いんび》さのただよう仕草だった。

かすかに伏せられた瞳から漏れ出るのは、強烈なほどの色気。

すぐさま「はぁっ……」という悲鳴とともに、何人かのご婦人がどさどさと倒れる。

（こ……この宣伝、せっかくだからとクラウス様にお任せして大正解でしたが、心臓には大変よろしくなかったですね……！）

ドレスの裾を握り、ふるふると震えながらジネットは耐えた。

ジネットはチューリップの色の変わり目を見つめていたことでなんとか逃れられたが、クラウスを直視していたら、きっと失神者の一員になっていたに違いない。

「く、クラウスくん。君、ちょっとその色気は抑えた方がいいと思うぞ……」

そう言ったのは、なぜか頬を赤らめたパブロ公爵だ。見れば他にも頬を赤らめてごほんごほんと咳払いしている紳士たちがいる。

どうやらクラウスの威力は女性陣のみならず、男性陣にまで威力を発揮してしまったようだった。

（なるほど……美しいものは男女問わず人を魅了してしまうのですね！　さすがクラウス様です！）

ジネットが謎の感心をしていると、クリスティーヌ夫人がくすくすと笑った。

「ふふっ。私はレイトン一筋だけれど、それでもいいものを見せてもらったわ。ねぇ、このチューリップはいつから売られるのかしら？　私、たくさんいただきたいわ」

その言葉に、ぽ～っとクラウスに見とれていたご婦人たちがあわてて身を乗り出す。

「あっ！　わたくしも！」

「わたくしもよ！　ぜひ売ってくださらない⁉」

「うちにも欲しい！　我が家に植えたいのだ！」

ご婦人たちに混じって急いで挙手したのはどこぞの子爵だ。

すぐさま私も、私もと言う声が次々と上がり、ジネットは声を張り上げた。

「では、欲しい方は私にお名前を教えてください！　この騒ぎで舞踏会をお邪魔してもいけませんので、皆様ご協力お願いいたします！」

「僕の方でも受け付けていますから、どうぞ落ち着いてお声がけください」

どこに忍ばせていたのか、隣ではクラウスが優雅な動作で手帳に購入希望者たちのリストを書き込んでいる。

――そうしてジネットたちが帰る頃には、ずらりと並んだチューリップの顧客リストが出来上がっていたのだった。

帰りの馬車の中。

ジネットの隣に座ったクラウスが満足そうに微笑む。

「今回もとてもうまく行きそうだね。きっとキュリも喜ぶよ」

「はい！　早くキュリアクリス様にご報告しなければですね！」

チューリップを持ってきた張本人のキュリアクリスは、その場にはいなかった。

ジネットとしては、今夜クラウスが行っていた演技を彼にやってもらった方が説得力が増すと思ったのだが、どうやら本人はまだ正体を明かしたくないらしい。

そのためルセル商会とは直接的な関係のないクラウスが、今回のチューリップお披露目にひと役買ったのだった。

「あ、大丈夫。報告は僕の方からしておくから、ジネットは何もしないで」

けれどジネットがキュリアクリスの名を出した途端、それまで笑顔だったクラウスの顔がスッと真顔になった。

「えっ。ですが、明日になれば商会でキュリアクリス様に会えますし、ルセル商会のことでこれ以上クラウス様にお願いするのは心苦しく……」

「いいんだ気にしないで！　ふたりきりにさせたくない――じゃなくて、君のためならそれくらいいくらでもお使いをするよ。だから明日、僕もルセル商会に行ってもいいよね？」

そう言ってクラウスはにっこりと微笑んだのだが、その笑顔はなぜかやたら圧が強い。

（キュリアクリス様への報告のためだけにわざわざいらっしゃるのですか……？　あっ！　もしか

して！）

そこでジネットはハッと気がついた。

（クラウス様、きっとキュリアクリス様にお会いしたいのですね⁉）

――やはりジネットは、どこまでも鈍いのであった。

（うんうん、キュリアクリス様はクラウス様にとって、大事なお友達ですものね！）

クラウスはジネットと違って、社交界にたくさんの友達がいる。

けれどキュリアクリスと毒づきながら話すクラウスを見て、ジネットは気づいてしまったのだ。

クラウスは品行方正で誰に対しても優しかったが、それは彼の本当の顔ではないことに。

その証拠に、キュリアクリスと話している時の彼は、今まで見たことがないほど生き生きとしていた。聖人と称えられるクラウスが、キュリアクリスに対してだけは容赦ない物言いをし、遠慮なく毒づく。

それはクラウスが、キュリアクリスにだけは心を許している証拠だった。

（信頼できるお友達がいるというのはとても素敵なことです！　ならば私もお手伝いしなくては！）

使命感にキラキラと目を輝かせ、ジネットは力強くうなずいた。

「わかりました！　その想い、しかと受け取りました！　私にお任せください！」

「ああ、うん……。これはきっとまた何か勘違いされているパターンだけど、今回は突っ込まないでおくよ……」

「勘違いですか⁉　大丈夫ですよ！　私も最近、だいぶ空気が読めるようになってきた気がするんです！」

ジネットの自信たっぷりの返事に、クラウスはあいまいにニコリ……と微笑んだだけだった。

「そういえば話は変わるけれど、今日君の義母上《ははうえ》たちはこなかったね」

「あ、そういえば……」

言われてジネットははたと思い出した。

今日は本当に順調で、順調すぎて少し物足りないくらいだなんて思っていたら、どうやらいつも来る義母とアリエルがいなかったらしい。

「おふたりとも、どうしてしまったのでしょう？　舞踏会やお茶会が大好きで、そこに行くのを何よりも楽しみにしていらっしゃいますのに……。もしかして、お父様が生きているというお手紙を送ったからでしょうか」

父ルセル男爵の生存は、もちろん義母たちにも知らせている。手紙の返事は来ていないが、ギルバートは確かにふたりに手紙を見せたと言っていた。

「彼女たち……特に君の義母は何を考えているか読めないからな」

そう言った後で、クラウスが小さな声でぼそりと言う。

「……まあ大方ろくなことは考えていないだろうけれど……」

けれどジネットは、そんなクラウスの声が耳に入らないほどじっと考え込んでいた。

（お義母様《かあさま》にアリエル……一体どうしてしまったのかしら。少し心配だわ……）

◆

そんな会話がされていたとは夢にも思っていないであろう、あくる日のルセル家では。

お日様の光が燦々《さんさん》と差し込む居間で、アリエルが針を持ってちくちくと刺繍《ししゅう》をしていた。

一方斜め前のソファに座っている母レイラは不機嫌で、今日も頬に手をついたまま ぶすりと窓の外をにらんでいる。

——ルセル商会の権利書をジネットに買い戻されて以来、母はずっとああなのだった。

「……お母様。今日はいいお天気よ。たまには気晴らしにお散歩でも行ってきたら?」

けれど、しばらく待ってみても返事は返ってこない。

アリエルは再度声をかけた。

「ねえお母様、散歩が嫌ならお買い物はどう? 以前はよくしていたでしょう?」

「ああもう、うるさいわね!」

ところが、ようやくこちらを見たと思った母はアリエルを怒鳴りつけた。むっとしてアリエルも言い返す。

「何よ、そんな言い方しなくたっていいでしょう。これでも私、お母様のことを心配しているのよ? ずっと家に閉じこもってイライラして……ジネットお姉様のことはもういいじゃない。商会を売ったお金も結構あるんでしょう? ならそれで気晴らしでも——」

そう言いかけた瞬間だった。

母レイラの目が、今まで見たことないほど険しくなったのだ。

「その名を出さないで！」

ぴしゃりと言われて、アリエルが肩をすくめる。

「ああもう！　忌々《いまいま》しいジネットめ！　どうせ今頃、勝ち誇ったように社交界を闊歩《かっぽ》しているのでしょうね！　想像しただけで腹が立つわ！」

言いながらドン！　とソファを叩《たた》く。アリエルが「やだ、お母様たらはしたないわ」といさめたが、母はじろりとアリエルをにらんだだけだった。

「大体、あなたは悔しくないの!?　クラウスをあの子にとられて！」

煽《あお》られて、アリエルが憤慨する。

「もちろん悔しいわ！　だってどう考えてもお姉様より私の方が美人ですもの」

言ってアリエルは立ち上がった。それから自分の美しい金髪に指を通し、さらりとすいてみせる。

「見て。この美しい金髪に青い瞳。顔だってお母様譲りのまぎれもない美人。血筋だってあの成り上がりと違って、私は生粋の貴族なんだから！」

アリエルがふん！　と鼻息荒く言うと、そこでようやく母は微笑んだ。

「そう。あなたは私と前の夫の娘で、まぎれもなく高貴なる青い血の一族ですもの」

「そうよ！　それになんと言ったって、お姉様は淑女らしくなさすぎるわ。刺繍もピアノもダンスもしないで、一日中お金の話ばかり。商売のことを考えている時の顔だって、気持ち悪いったら！

その点、私は完璧でしょう？」

「そうね。現にあなたには求婚者が殺到していたものね」

母の言葉に、アリエルは「そうよ！」とうなずいた。

「……なのに」

そこで唐突に勢いを失ったアリエルが、ぶすりとした顔で再度座り込む。

（クラウス様は、お姉様を選んだのよね……）

その事実を思い出して、アリエルはハァ……とため息をついた。

――アリエルの天使。クラウス・ギヴァルシュ伯爵。

彼を初めて見た時の衝撃は忘れない。

高貴な輝きを放つ銀色の髪に、神秘的で澄んだ紫の瞳。鼻筋も唇も作り物のように美しく、その場に立って微笑んでいるだけで辺りが楽園に変わるようだった。

（ああ……クラウス様……生きているだけで奇跡のようなお方……！）

ひと目見た瞬間から、アリエルはクラウスのことで頭がいっぱいになってしまったのだ。

だからなんとか自分の方を向いてほしくて、自分の婚約者にしてほしくて必死で。

そしてそんなクラウスの婚約者の座に、のうのうと納まっている義姉ジネットが妬《ねた》ましくて憎らしくて。なんとか追い出そうと家でだっていびり倒したし、蹴落とすような真似だって躊躇《ちゅうちょ》なくやってきた。

（あの美しい人が手に入るなら、なんだってしたのに……）

けれど、結果は惨敗。

好かれている、手ごたえがあると思ったのも、全部アリエルの思い込みだった。しかもクラウスは、アリエルが裏でジネットの悪口を吹聴していたことも全部知っていたのだ。

そのことに気づいた時……アリエルの顔は羞恥《しゅうち》で真っ赤になった。

自分が選ばれなかったことよりも、憧れて恋い焦がれてやまなかったクラウスに、自分の悪行を全部知られていることが、生きてきて一番恥ずかしかった。

母には「何よ、それくらいでめげてるんじゃないわよ」と言われたけれど、アリエルは母のように強くはいられない。血の繋《つな》がった親子であっても、そこは違ったのだ。

それに、舞踏会で再会した時のクラウスの顔と言ったら。

(お姉様のことが好きで好きで好きで、お姉様以外何もいらない、って顔をしていたわ)

クラウスはいつも優しく笑みを絶やさないが、それでいてどこか遠くを見るような、熱のないひんやりとした瞳をすることもよくあった。

そんなところもまたアリエルの心を惹《ひ》きつけてやまず、いつかその瞳に自分こそが熱を灯したいとすら思っていたのに。

……それがこの間の彼はどうだ。

まるで、この世界に女性はジネットしか存在しないとでもいうような甘い瞳をしていたのだ。

同時にアリエルは気づいてしまった。その熱っぽい眼差しは、自分がどんなに頑張っても決して手に入れられないものだと、彼にそんな瞳をさせられるのは、アリエルが散々罵《ののし》ってきた義姉だけなのだと。

考えて、アリエルは大きなため息をついた。もうすっかり刺繍を続ける気分ではなかった。

（それにお姉様は、一度も私たちにいじわるはしなかったのよ……）

アリエルは母と一緒になって散々ジネットをいじめてきたが、ジネットは逆にずっとアリエルたちに優しかったのだ。

あのキラキラ光る夜空みたいな布だって、アリエルに持ってきてくれたのはジネットだけだった。

『はい、これどうぞ』

そう言って笑顔で手渡された時、ジネットの瞳に浮かんでいたのは純粋なる善意。

見せびらかしてやろうとか、見下してやろうとか、そんな気持ちがちょっとでもあったのなら、きっとアリエルはすぐ気づいて憎らしく思っただろう。

でも。

（あんな純粋に優しくされたら……なんかもう、張り合うのも馬鹿らしいって言うか、私だけひとりで何しているんだろって気になってしまったのよね……）

思い出してアリエルは遠くを見つめた。

（きっとお母様に言ってもわかってもらえないだろうけれど……）

だって母のジネットに対する執着は、少し異常だ。

同世代のアリエルと違って恋の競争相手でもないし、何かを取られたわけでもないのに、自分よりよっぽど気にしている。

（どうせもう少しでお義父様《とうさま》が帰ってくるんだから、そっちを気にすればいいのに……）

理解できない母の行動に、アリエルが再度ハァとため息をついた時だった。

コンコンコン、とノックがしたかと思うと家令のギルバートが入って来たのだ。

「奥様。ジネットお嬢様がいらしています。話があるとのことなので応接間にお通ししました」

「ジネットが⁉」

（お姉様が？）

途端に、母レイラが険しい顔で立ち上がる。

アリエルも急いで立ち上がると、闘牛のようにものすごい勢いでのしのしと歩いて行く母の後に急いで続いた。


「おふたりとも、ご無沙汰しています」

応接間にいたジネットは、アリエルたちを見るなりニコッと微笑んだ。

その顔は明るく元気そのもので、ルセル家にいた頃とまったく変わらない。

（お姉様もお姉様で本当、よく来れたものよね）

暴力こそ振るわなかったけれど、アリエルは母レイラと一緒になって、ジネットのことをネチネチネチネチネチネチといじめてきた自覚がある。

普通の令嬢だったら、いや、アリエル自身がそんなことをされていたら、きっと実家なんて見るのも嫌になるだろう。ましてやいじめてきた張本人に笑顔を向けるなんて、絶対にできない。

（やっぱりお姉様って相当おかしいわ。それとも何か狙っているのかしら？）

じぃっと疑いの目を向けてはみたものの、同時にジネット本人にはこれっぽっちも企みがないことも知っていた。

だって、いつだってこのまっすぐで愚直な義姉は、アリエルたちを傷つけてやろうと思って何かをやったことはないのだ。……よかれと思って言ったことが結果的に大暴露になったことはあるが。

「一体なんの用かしら⁉　ここはもうあなたの家ではないはずだけれど！」

ツンと、顎をそびやかして母レイラが言う。その声はイライラしながらも同時にどこか勝ち誇ったような響きを持っていた。

そのことに気づいて、アリエルは眉をひそめた。

（気のせいかしら。お母様、どこか楽しんでない？）

「いいえ、最近お義母様たちがどこの催しにも出席していらっしゃらないという話を聞いたので、どうしたのだろうと思いまして」

そう言ったジネットの顔は、本当に心配しているように見えた。

「そんなこと、あなたに心配される筋合いはないわ。私たちだって、毎回催しに参加するほど暇じゃなくってよ」

（本当は暇で暇でしょうがないんだけれどね……）

口には出せないが、心の中で呟《つぶや》くぐらいはいいだろう。アリエルがそんなことを考えていると、母がふんと鼻を鳴らして、なぜか勝ち誇ったように言う。

「ジネット。あなたは最近ちやほやされて勘違いしているようだから言っておくけれど、身の程はちゃんとわきまえておくことね！　でないと痛い目を見るわよ！　私がそれをあなたにわからせてあげる！」

それを聞いて、アリエルは目を丸くした。

（驚いた！　お母様、何やらずっと考えているなと思ったけれど、もしかしてずっとお姉様を〝わからせる〟方法でも考えていたの⁉　……お母様も本当に全然めげないのね……）

アリエルの方はもうとっくに、ジネットに対する執着など捨てているというのに。

「そう……ですよね！　ご忠告ありがとうございます！」

ジネットはジネットで、母の言葉を馬鹿正直に真正面から受け止めてしまったらしい。

「ごめんなさい、私がお義母様たちの心配するなんて差し出がましいことでした！　またお父様のことでも何かわかったら、ご連絡いたしますね！　……あ、あとこれを」

言いながらグッと両手を握ったジネットは、そこで何かを思い出したらしい。

そばに置いてあった四角い箱を手に取ると、机の上に載せた。

（何が入っているのかしら？）

さすがの母も物には釣られるようで、ツンとした態度を続けながらも、目はしっかりと箱に釘付《くぎづ》けになっている。アリエルも興味を惹《ひ》かれて、顔を近づけた。

「もうすぐルセル商会で売り出す新商品なんです。ありがたいことに予約をたくさんいただけたので、売り切れになる前にひとつだけ持ってきました」

言いながら、ジネットはぱかっと箱を開けた。

すぐさま目を輝かせた母がワクワクしながら箱の中を覗き込み――そしてがっかりしたようにふんと鼻を鳴らした。

「何なのそれ。汚らしい」

箱の中から出てきたのは小さな植木鉢と、野菜のようにまるっこい何か。

（玉ねぎかしら？）

見た瞬間出てきた感想はそれだった。以前お菓子をもらいに行った厨房《ちゅうぼう》でちらりと見た玉ねぎと、目の前のそれはよく似ていたのだ。

「これはチューリップの球根です。ご存じですか？　チューリップはとても綺麗な花なんですよ！」

言いながら、さらにポケットの中からハンカチに包まれた花を取り出す。

それは今まで見たことがないほど鮮やかで、そして大きな花びらをした花だった。

「このお花はパキラ皇国の宮殿で咲いているお花なんです！　とても希少で、そしてとても綺麗なお花が咲くんですよ！」

「いらないわ」

母は興奮気味に語るジネットをバッサリと切り捨てるように言った。既に球根から興味を失っており、めんどくさそうに窓の外を見ている。

「そんな汚らしい土くれ、さっさと持って帰ってちょうだい」

「そうですか……。とても綺麗なのですが、お気に召していただけないのならしょうがないですね」

レイラの冷たい言葉にジネットが両眉の端を下げながら、球根を箱の中に戻そうとする。

それを見たアリエルは、気づいたら口走っていた。

「私がもらうわ」

アリエルの言葉にレイラが眉間《みけん》に皺《しわ》をよせ、ジネットの顔がパッと輝く。

「もらってくれるのですか⁉」

その瞬間、緑がかった灰色の瞳が太陽の光を受けてキラキラッと光った。

ジネットの眼差しを直に浴びて、アリエルの息が一瞬止まる。

(お姉様って、こんなに綺麗な方でしたっけ……？)

父が失踪する前、ジネットはいつ見ても埃《ほこり》にまみれていた。

家の掃除や雑用、商売に使うための道具やら何やらで髪を振り乱して、そして時々化粧した時も母の指示でとんでもない厚化粧をされて。

(この間舞踏会で見かけた時は、ドレスのおかげでいつもより綺麗に見えているかと思ったのだけれど……)

今、ジネットは特別めかしこんだわけでも、美しいドレスを纏っているわけでもないのに、内側から輝くような美しさを放っていた。

つややかな赤毛はやわらかなカーブを描き、大きな瞳には生き生きとした活気が宿っている。鼻だって唇だって、よく見るとアリエルに負けず劣らず綺麗な形を描いていた。

(……ま、まあ？　それでも私の方が綺麗だけれど？)

コホン、と咳払いしてから、アリエルは気を取り直して言った。

「別に深い意味はないわよ？　どうせ暇だし、パキラ皇国の宮殿の花とやらを、植えるだけ植えてもいいかなって？　世話は使用人たちがやってくれるだろうし？」

「うん、うん！　とても素敵です！　世話の方法は後で私からギルバートに伝えますね！」

少し気恥ずかしくなって言い訳を重ねるアリエルに、ジネットは嬉しそうな顔でうなずいている。

（球根を植える、たったそれだけのことでこんなに喜ぶなんて、お姉様って本当に変な人……）

顔をしかめながら、アリエルはその植木鉢をしっかりと受け取ったのだった。

◆

〈神々の戯れ〉こと〈スペルヴァンホーデン〉と名付けられたチューリップの球根は、開花まで時間がかかるにもかかわらず、発売直後から好調な売れ行きを見せていた。

「ねえ、あなたはもう手にいれまして？　パキラ皇国の宮殿で愛《め》でられていたというチューリップ」

「もちろんでございますわ。〈スペルヴァンホーデン〉でしょう？　今うちの庭師が丹精込めて育てていますわ」

「あら、うちなんか早くも芽が出てきましてよ」

「嘘おっしゃいな！　そんなに早くは咲かないって聞きましたわよ。本当にルセル商会で買ったものの？　偽物を買わされたんじゃなくって？」

「まあ！」

なんてにぎやかな笑い声が、社交界のあちこちから聞こえてくる。皆花が咲く前から生育具合を競うのが楽しくて仕方ないらしい。

その様子をニコニコしながら見守っているのはジネットだ。

乗り込んだ馬車の中で、ジネットはうきうきしながら言った。

「キュリ様の見立て通りでしたね！　どこに行っても話題はチューリップのことばかり。早くも、次の時期に仕入れる球根を先に予約したいという声まで来ています！」

弾んだ声にキュリアクリスも満足げだ。

「チューリップは魅力的な花だからね。珍しいもの好きな金持ちどもに付加価値をつけてやれば、きっと目の色変えて飛びついてくる気はしていた」

「さすがの手腕です……！　キュリアクリス様はルセル商会に勉強に来たとおっしゃっていましたが、私の方が勉強させていただいていますよ」

「そんなことはない。どういう風にチューリップを売るきっかけを作るのか、私もとても勉強になったよ。まさかクラウスがあんなことをしてくれるなんてな」

言いながら、思い出したかのようにキュリアクリスがくつくつと笑う。

実は先日のチューリップお披露目の場には、キュリアクリスもちゃっかり参加していたらしい。

ただし彼は気づかれたくないとかで、一体どうやったのか、舞踏会の給仕係としてその場にいた。

だからクラウスがチューリップに口づけし、失神者を大量に出したところも、キュリアクリスはしっかり見ていたのだった。

「ああいうキザったらしいことを、まさか人前でやるなんてな？　聖人クラウス様がずいぶんと頑張ったじゃないか」

おもしろがるように笑うキュリアクリスを前に、クラウスは余裕しゃくしゃくだ。

「何とでも言えばいいさ。あれは他らぬジネット直々の頼みなんだ。彼女からの願いとあれば、どんなキザな役だって演じてみせるとも」

「お前、意外と役者に向いているかもしれないな。その顔にその演技力、きっと人気が出る」

「お褒めにあずかり光栄だよ。それより、もう次のチューリップの予約が入っているのかい？」

問いかけられて、ジネットは元気よくうなずいた。

「そうなんです！　球根が収穫できる時期は限られているので、売り切れたらもう次のシーズンが来るまでは入手できないのですが……それでもいいから予約させてくれとおっしゃる方が多くて。これは意外と長期的な販売が見込めそうな気がします……！」

基本的に花というものは、初期の頃には珍しさから高い値段がつけられ、間を置かずすぐに値崩れすることが多い。だから一年後とも言える次の球根にまで予約が入るのは異例の話だった。

「それはすごいね。性質上、すぐに在庫を増やせないのがなんとも惜しいが……」

「でもただ待っているだけで終わる気はありませんよ！　そのために港に向かうのですから！」

馬車についた小さなカーテンから、ジネットは外を覗いた。

ジネット、クラウス、キュリアクリス、それからサラも含めた四人は今、大きな貨物船の泊まるこの辺り最大の港に向かっていた。

やがてガタンと馬車が止まる音がして降りれば、辺りは既に人と荷物であふれかえっていた。

「もうたくさんの方がいらっしゃっています！　私たちも行きましょう！」

「はい！　お嬢様！」

あちこちに積み上げられた大量の木箱に、その前で集まって話をする男性たち。

そんな組み合わせのグループが港に所狭しと並び、人々は怒鳴るようにして話をしていた。やがて話し終えた者たちが木箱を自分たちの馬車に積み上げ、運び去っていく。

皆、積み荷を運んできた乗組員と、受け取りに来た商人たちだった。ジネットたちの馬車の後ろにも、ルセル商会の従業員何人かと荷物を運ぶための荷馬車がついてきている。

「さて、うちのは……」

そう言ってジネットたちの先頭を歩くのはキュリアクリスだ。今回の荷物はパキラ皇国から運ばれてきたものも多く、それを手配してくれたのが彼だった。

「お、いたな」

目線の先にいたのは、彼同様ひと目で異国人だとわかる褐色の肌をした男性たち。向こうもキュリアクリスに気づいたらしく、そのうちのひとりが手を振る。

『おーい！　こっちですキュリアクリス殿下！』

『ご苦労。今回の荷物はこれで全部か？』

『はい！　かき集められるだけかき集めてきましたよ！』

交わされるのはもちろんパキラ語だ。

すぐさまキュリアクリスが木箱の蓋を開け、中を確認してから満足そうに微笑む。

「うん、いい粒ぞろいだ」

釣られるように、ジネットやクラウス、サラも覗き込んだ。

その中に入っているのは、つやつやと茶色に光る球根。

サラが小さな声で呟く。

「……何回見ても、玉ねぎみたいですね……！」

「ふふ。確かに、いつか玉ねぎと間違えて食べちゃう人が出そう」

先が尖《とが》った形といい、茶色の皮といい、見た目的には本当に玉ねぎによく似ている。けれどこれは間違いなくチューリップの球根だった。

荷物を運んできたパキラ人と話していたキュリアクリスが、指さしながら説明する。

「ここからここまでが〈スペルヴァンホーデン〉の箱で、それ以外は全部普通のチューリップだ」

「普通のチューリップ？　全部〈スペルヴァンホーデン〉ではないのか？」

「予想以上の売れ行きだったからな、さすがに在庫が尽きたよ。それに〈スペルヴァンホーデン〉ほどの高値はつけられないが、普通のチューリップもチューリップだ。十分良い値で売れると思っている」

「なるほど……。確かに手に入らないのなら普通のチューリップでもいいという人はいそうだ」

そんな会話をしている横で、じっ……と球根を見ているのはサラだ。気づいたジネットが声をかける。

「どうしたの？　何か気になるものがあった？」

「いえ、これ……。〈スペルヴァンホーデン〉って言っちゃえば、皆さん信じて買うのでは？　と思ってしまって」

その言葉にジネットはぎょっとした。後ろで聞いていたキュリアクリスとクラウスも、ブフッと噴き出している。

「だ、だめよサラ！　確かに宮殿産でも普通のチューリップでもまず見分けがつかないと思うのだけれど、それは産地偽装だわ！」

ジネットがあわあわと答えれば、サラがいつになく真剣な瞳でキリリと言った。

「でも……わかりっこないですよ⁉　だって全然見分けがつかないじゃないですか！」

「で、でもほら、〈スペルヴァンホーデン〉の方が全体的に球根がやや小粒だし、色だって少し濃いじゃない！」

あわてていさめようとするジネットに、サラは反省するどころかますます目を細めてじっ……と球根をにらんでいる。

「それ、見分けられるの多分お嬢様だけだと思いますよ。混ぜちゃったら普通の人は絶対気づきませんって。それに宮殿産じゃなかったとしても、ルーツをたどれば最終的には宮殿産と同じかもしれないじゃないですか！　なら類似した名前を付けて売ればいいのでは⁉」

「それはちょっといい案……じゃなかった！　だ、だめよだめだめ、そんなことを言っちゃだめ！」

うっかり同意しかけて、ジネットが必死に首を振る。そこに、くつくつと笑いながら会話に乗り込んできたのはクラウスだ。

「サラ……君は意外と商魂たくましいというか、腹黒いことを考えるね」

「伊達《だて》にお嬢様の侍女をやっていませんからね！　じゃないとあの猛毒親子相手にやってられませんでしたし！」

キリッとした顔でサラが返すと、聞いていたキュリアクリスが「あっはっは！」と声を上げて笑い始めた。

「さすがジネット嬢の侍女だな！　頼もしい」

「お褒めにあずかり光栄でございます」

キュリアクリスは笑いすぎて目に涙まで浮かんでいた。その涙を拭いながら彼が答える。

「産地偽装は信用問題にかかわるためいただけないが、名前を変えて売るというのは悪くない案だ」

「ですがキュリアクリス様……！」

そこに控えめながらも、確固たる意志で乗り出してきたのはジネットだ。

「今回〈スペルヴァンホーデン〉以外のチューリップを仕入れたのは、儲《もう》けよりももっと他に目的があるのをお忘れですか！」

「おっと、そうだった」

「他の目的？　一体何を狙っているんだいジネット」

クラウスに尋ねられて、今度はジネットがキリリとした表情になる。

「それは、一般市民への普及です！」

「一般市民への普及？」

クラウスとサラの声が重なった。

「はい！〈スペルヴァンホーデン〉は上流階級向けのチューリップ。ですが……」

言いながら、ジネットは説明した。

〈スペルヴァンホーデン〉は今後、上流階級のステータスシンボルとして機能するのは間違いないだろう。庭に〈スペルヴァンホーデン〉が咲いていることで、自身の富や地位を主張できるのだ。

そして一度そのことが認知されると、今度はそれを見た中流や労働者階級の人々が真似したくなるはず、というのがジネットの考えだった。

「だから〈スペルヴァンホーデン〉以外のチューリップはわざと値を落として、貴族以外の方々も購入できるような価格にするつもりです。ルセル商会は元々、労働者階級の皆様の味方ですから！」

にっこりと答えれば、クラウスは「なるほど……」という顔でうなずいた。サラが勢いよく頭を下げる。

「そうとも知らず、出しゃばったことを言ってしまい申し訳ございません！」

「いいのよ。名前を変える案はおもしろかったもの。その手は別のところで使えそうな気がする！」

ちゃっかりいいアイディアを逃すつもりのないジネットが、ほくほくしながら答えた。

「さ！　それよりも急いで球根たちを持ち帰ってしまわなければ。サラ、荷積みの誘導をお願い」

「承知いたしました！」

すぐさまサラは、ルセル商会の人たちとともにテキパキと荷物を馬車に積み上げていった。

「ジネット様」

そこへ父の右腕であるギデオンがやってくる。

「頼まれていた額縁の見本も出来上がりましたよ。ルセル商会に納品されていますので、後ほどご確認いただけると」

「本当!!⁉　楽しみだわ！」

「額縁？　なぜ急に額縁？」

クラウスが首をかしげている横では、キュリアクリスも不思議そうに目を細めている。

そんなふたりを見ながら、ジネットは「ふふふ」と楽しそうに笑った。

「それは……蓋を開けてみてのお楽しみです！　私の予想ならきっとこれも売れると思うんです」

◆

そうして上流階級用のチューリップに続いて、中流階級や労働者階級向けの安価なチューリップも大々的に売り出された。

それは顧客として考えていた階級の人々はもちろん、ひとつ予想外なことに、〈スペルヴァンホーデン〉を入手できなかった貴族たちも買いに来たため、〈スペルヴァンホーデン〉と同じく早々に売り切れることになったのだった。

――そうしてひと時の冬を越え、春。

人々の待ち望んでいたチューリップがついに開花の時期を迎えると、街はまさに花が咲いたように、チューリップの話題一色になっていた。

「クリスティーヌ様！　お庭に並んだ色とりどりのチューリップが、まるで絵画のような美しさですわ！」

「ありがとう。私もこんなに華やかなお庭は初めてよ」

ふふふ、と嬉しそうに微笑んでいるのはクリスティーヌ夫人だ。

ジネットは彼女のサロンに招待され、何人かのご夫人や令嬢方たちと一緒に、庭に咲いたチューリップを愛でる会に参加していたのだ。

「そういえば皆様、バルリエ子爵家にはもう伺いまして？　何やらすごいとお聞きしましたわ」

クリスティーヌ夫人が言うと、すぐさま違うご夫人がパッと顔を輝かせて身を乗り出す。

「わたくし、行きましたわ！　お庭に並ぶのは一面ピンクのチューリップでしたの！」

「まあ、一面ピンクなのですか？　それはすごいですわね」

「品種は〈スペルヴァンホーデン〉ではないのらしいですが、それでも全部ピンクを揃《そろ》えるためにはお金も労力もかかったでしょうね」

「そういえばエドモンドおじ様が取り扱っているチューリップはピンクが多いとお聞きしました」

エドモンドおじ様はジネットと仲良しの商人であり、エドモンド商会長でもある。

ジネットがチューリップを売り出すやいなや、エドモンド商会長に限らず、嗅覚の鋭い商人たちがこぞって真似しだしたのだ。ちなみに真似や後追いは商売に付き物であり、別段怒ることでもない、とジネットは思っている。

（大事なのは真似だけにとどまらず、いかに『自分たちだけの付加価値』をつけられるか、だもの）

真似だけでもそこそこの利益を得ることは可能だが、そこからさらに一段階突き抜けるためには『自分たちだけの付加価値』――つまり特色が欠かせないからだ。

「色を揃えるのもお洒落《しゃれ》ですわよね。バルリエ子爵家は今まであまり目立ったお家ではありませんでしたが、最近はチューリップ目当ての訪問が殺到しているみたいで、一気に知名度を上げたようですわ」

その言葉に、他のご夫人もうんうんとうなずく。

「あら！　バルリエ子爵家だけではないですわよ。パスマール男爵家ではどうやら世にも珍しい一輪を引き当てたらしくて、チューリップはその一輪しかないのに、やっぱり訪問客が殺到しているのですって」

「パスマール男爵家？　一体どんなお花を引き当てたんですの？」

「それが聞いてびっくりですの。なんと花びらが特殊なんですって！　色は淡いピンクなのですが、花びらが普通のものと違って、フリルのように白くてふわふわなんだとか！」

「フリル？　花びらがですの？」

その後もキャアキャアと、夫人たちの談笑は止まらない。クリスティーヌ夫人のティーサロンはいつもにぎやかだが、今回は特に盛り上がっていた。

「それって本当にチューリップなんですの？　ジネット様はどう思われます？」

「とても珍しいですが、フリンジ咲きと呼ばれるチューリップの一種なのかもしれません。男爵はそれを引き当てたのですね！」

ジネットが存在を認めると、きゃあ！　と声が上がる。

そう叫んだ彼女たちは皆、表面上は品よくニコニコと微笑んでいたが、どのご夫人の目も「欲しい」という欲望の炎が宿っていたのをジネットは見逃さなかった。

その中で本物の余裕を宿したクリスティーヌ夫人がおっとりと言う。

「来年の今頃はさらにすごいことになっていそうねぇ。既にもう球根の予約がいっぱいなのでしょう？」

「はい、大変ありがたいことに！　今仕入れを増やせないか駆けずり回っているのですが、やっぱり競争率が高くって。正直今の仕入れ数を維持するだけで精一杯です」

そうなの⁉　という驚きの声に、ジネットはまたうなずいてみせる。

春が近づくにつれて、チューリップ熱は少しずつ高まって来た。そして開花と同時に、爆発するように街で話題になったのだ。

それに釣られるように、あちこちで商人の動きがどんどん活発化。

自分たちのところで大掛かりな栽培を試みようとするもの、未開拓の地にチューリップを求めて探し回るもの、そして他の商会から仕入れ先の引き抜きを試みる者。

キュリアクリスはパキラ皇国の第一皇子のため、さすがに出し抜こうとする者はまだ少ないようだが、そうでない商会ではあちこちで球根の値段が吊《つ》り上げられているという。

「じゃあなんとしてでも今のうちから手にいれないと！　ジネット様、どうかわたくしたちのよしみで、球根を確保してちょうだいね！」

「わたくしも！　『あの家はチューリップも手に入れられない家』と笑われたくないですもの！」

ワッと一斉にすがりつかれて、ジネットはあわてた。

「大丈夫ですよ！　ご注文いただいた分は、必ず確保いたしますので！　それと……明日からルセル商会ではチューリップにぴったりなとあるものを販売いたしますので、皆様ぜひお見逃しなく！」

「あるもの？　って一体何ですの？」

夫人たちが一斉に首をかしげる中、ジネットはふふふと笑いながら言った。

「それは――額縁です」

◆

翌日。ルセル商会の店頭に立ったジネットは従業員たちが見守る中、朗々と声を張り上げた。

「皆様！　機も熟しましたし、いよいよこの子たちの出番です！」

そう言って高々と抱え上げたのは、木でできた簡素な額縁だ。

大きさは書物よりひと回り大きいくらいで、複雑な模様は何も入っておらず、ただ木枠を組み立てただけの代物。

ただし一カ所だけ他と違うのは、額縁自体が自立するよう、取り外し可能なスタンドの板がついていることだった。

「うちの会長、今度は何をする気なんだ?」

と楽しそうな様子で見守っているのは、キュリアクリスだ。その隣ではクラウスがどこか誇らしげにふふふと微笑んでいる。

「おや? まさか君はまだ教えてもらっていないのかい? 僕はひと足先にこの間教えてもらったけど、なかなかいい案だと思っているよ」

その自慢げな物言いに、キュリアクリスがイラッとした顔をした。

「そうかそうか。……で、クラウス。お前、なぜルセル商会にずっといるんだ? マセウス商会と違って、ルセル商会にお前はなんの関係もないだろう」

怪訝《けげん》な顔をするキュリアクリスに、クラウスは露骨に驚いた顔をしてみせる。

「関係ない? まさか。ルセル商会はジネットにとって宝だろう? ならば僕も、愛しい婚約者の宝を守るために奔走するまでさ」

「……そうかい。ところでお前、領主の仕事やマセウス商会の仕事はどうしているんだ」

「もちろんこなした上で来ているとも。僕抜きでは進められない案件は早々に片づけているし、ギヴァルシュ伯爵家は最近義母殿のおかげで人材が潤ったからね。任せられる仕事はすべて彼らに任せているんだ。皆優秀で助かる」

ふふふ、とクラウスが満足げに微笑んでいる前では、ジネットが両手を上げて堂々と開店宣言をしたところだった。

「さぁ！　お店を開けましょう！」

明るい声とともに店の扉が開け放たれると、すぐさま並んでいた客たちが一斉に入ってくる。皆噂《うわさ》を聞きつけて、朝早くから待機していたのだ。

「ねえ、チューリップにぴったりな新商品が発売されたって聞いたんだけど、なんなんだい⁉」

「手に持っているそれが新商品？」

「はい！　こちらがその品でございます。皆様ごらんください！」

持っている額縁に皆の注目を集めるように言ってから、ジネットはそばに控えていたサラに向かって目配せしてみせた。すぐにサラが、奥に隠してあった植木鉢を取ってくる。

そこに咲いているのは、一輪の赤いチューリップだ。

「それが一体……？」

という疑問の声が上がる中、ジネットとサラは互いにうなずき合った。

まず、店の中央に置いてある机の上に、ジネットが持っていた額縁を立てる。

そしてその額縁の中に収まるように、サラがことりと植木鉢を置くと……。

「……ん⁉　なんだか、チューリップの絵みたいだな！」

簡素な額縁の中に見えるのは、質のよい机に鮮やかなチューリップ。

それは声を上げた男性の言う通り、立体的で精巧な絵のようだった。

気づいた人々が「本当だ！」と声を上げる。ジネットは笑顔でうなずいた。

「見ての通り簡素な作りではありますが、この額縁をつけるだけで、まるで絵画を飾ったような気分を味わえるんです。もちろん、もっと豪華なものが欲しい方向けの額縁も用意していますよ！」

ジネットの言葉に、待機していた従業員たちが一斉に額縁を取り出した。

それは清潔感あふれる白い額縁に、複雑な模様が彫り込まれた美しい額縁。高級感のある金色の額縁など、予算に合わせて選べる様々なものが並んでいる。

「絵画か……。ジネット嬢も考えたね」

感心したように言ったのはキュリアクリスだ。

「へぇ、すごい！　じゃあ、あたしんちにも、絵画みたいに飾れるってことなのかい⁉」

「値段も思っていたよりずっと安いぞ！　これなら買えるな……！」

客たちが値札を見てざわめき出す。ジネットは満足げに微笑んだ。

チューリップが開花しだしてから、画家たちは示し合わせたように一斉にチューリップの絵を描き始めた。貴族の肖像画に描かれるのはここぞとばかりにチューリップだし、巷《ちまた》で一番リクエストが多いのはチューリップ畑を描いた風景画だ。

けれど時間をかけて精密に描かれる絵画は、労働者階級にはなかなか手が出せない高級品。

そこでジネットが考えたのがこの額縁だった。

作りを極力簡素にして作る手間を短縮し、大量生産を可能にすることで価格を抑える。そのおかげで、チューリップの球根ひとつを買うのがやっとの人であっても手が届く値段となった。

さらにジネット発案のこの額縁を使えば、本物のチューリップが一輪あるだけでその場を絵画のように演出できる。

お金はない。けれどチューリップを楽しみたい！　という人のために作られた額縁。それこそが新商品の正体だった。そんなジネットの気遣いは、すぐさま歓喜とともに受け入れられた。

「これ、ひとつおくれ！　ううん、ふたつだ！　お隣さんにも持って行ってあげたいんだ！」

「せっかくだから、もうちょっとだけいい額縁を買おうかな。だってこれ、花と違って枯れないからずっと使えるだろう？」

「はい！　では皆様、欲しい額縁の係の前にお立ちください！　ご案内いたします！」

結果、ルセル商会の額縁は飛ぶように売れた。

一番安い額縁はもちろん、高級な額縁もかなりの売れ行きを見せたのだ。

一番高級な額縁は貴族たちがこぞって買っていったのもあるが、一般の人々が少し背伸びをして、値が張る額縁を買っていくことも多かった。

「この豪華な額縁を庭の前に置いたらきっととても美しいわ！　そこだけ風景を切り取ったみたいになるのよ。素敵でしょう？　皆に見せるのが楽しみね」

「特別綺麗に咲いた一輪をこの額縁で飾ろう。きっと妻が喜ぶ」

家でどう飾るのか、めいめいに想像しながら笑顔で品物を持って行く姿に、ジネットはにっこりと微笑んだ。商品には生活必需品から贅沢品《ぜいたく》まで色々あるが、ジネットは自分が携わった商品がお客さんに受け入れられ、笑顔になるのを見るのが好きだった。

「これは予言できる。きっとすぐに模倣品が出回るぞ」

「きっとそうだと思います。真似するのは簡単ですから」

いたずらっぽく言うキュリアクリスに、ジネットもあっけらかんと笑う。そこに、クラウスがそっと寄り添ってくる。

「想定内だよ。それにどんなに模倣されたところで、ジネットならすぐにまた時代を引っ張る新しいものを考えつく」

見れば、クラウスはこの上なく優しい瞳でジネットを見守っていた。

「そ、そんな大げさなものは……！　今回だって、元々はキュリ様の提案ですから」

気恥ずかしくなったジネットが謙遜すると、クラウスがくすりと笑う。

「そうかい？　だが元はキュリの持ってきたチューリップでも、実際にしかけ、成功まで導いたのは君だ。それに額縁は君の案だろう？　もっと自信を持つといい。今回気遣いの心から生まれた商品はジネット、君だからこそ生み出せたものだ」

言いながらクラウスが、流れるような動作でジネットの髪をひと房取るとそのまま口づけた。

「⁉」

不意打ちに、ジネットの顔が真っ赤になる。

「僕はね、そんな君が心から好きなんだ。サラのために開発した伸縮性はたきといい、マセウス商会のみんなを魅了してやまないエプロンといい、君の商品はそのほとんどが〝誰かのために〟考えられている。それはそのまま、君の人柄を表していると思わないかい？」

「あああ、あ、ありがとうございます……っ！　ま、まさかこんなに褒めていただけるとは思っていなくって、その、心臓が……！」

ジネットが顔を赤くして硬直していると、そばで苦虫を嚙《か》みつぶしたような表情のキュリアクリスが言った。

「あいかわらずだなクラウス。まさかこんな目の前で堂々と口説かれるとは。必死だな？」

「そりゃ必死だとも」

クラウスは涼しい顔だ。

「君は知らないかもしれないが、ジネットの鈍さは尋常じゃない。今まで僕がどれだけアプローチしてきたと思う？　それでも驚くことに、彼女はまったく気づいていなかったからね。もうなりふり構っている場合じゃないんだ」

なんて言いながらも、ジネットの髪から手を離そうとはしない。

「あああ、あの！　でも！　最近はなんとなく伝わって来たと言いますか、わかってきたような気がしますと言いますか……！」

ぷるぷる震えながらジネットは必死に弁解したが、クラウスは満足するどころか、さらに眉根を寄せただけだった。

「まだだよジネット、まだまだだ。僕が君をどれだけ大切に思っているか、愛しく思っているか、君は全然わかっていない。だってわかっていたら、お風呂上りに寝巻き一枚で僕の前に現れるはずがないだろう⁉　僕のことをまったく男として意識していないじゃないか！」

クッとうめきながらクラウスが言った瞬間、なぜかキュリアクリスが爆笑し始めた。

「く……ははは っ！　なんだそれは⁉　ジネット嬢は家だとそんな感じなのか⁉」

「えっ。えっ。な、何かいけないことでしたか⁉」

（ルセル家は皆そのように過ごしていたから、てっきりそれが普通なのかと……!!）

義母もアリエルも、いつも風呂上がりは寝巻き一枚で部屋の中をうろうろしている。だからジネットもなんの疑問もなくそう過ごしていただけなのだが……どうやらそれはおかしいことらしい。羞恥で顔が赤くなる。

「ごめんなさい！　私、次から気を付けます！」

ジネットがぺこぺこと頭を下げると、クラウスがやんわりとそれを止めた。

「いや、ギヴァルシュ伯爵邸は君の家だ。自分の家なら寝巻一枚で歩き回ることは別にいけないことではない。……が、なんというか、あまりにも無防備すぎてだな……」

「なあクラウス。念のため確認するが、ジネット嬢がお前を誘惑してきている可能性は？」

「そうであったらどれだけよかったか。だが残念ながらゼロだな」

「だと思ったよ！　ははは！　そうか、こういうことか。すまんクラウス。なんとなくお前の苦労がわかった気がする」

言いながらキュリアクリスは腹を抱えて笑っている。

（ゆ、ゆ、誘惑だなんて……！　もしかして男性の前を寝巻きで歩くのは、誘惑にあたるのですか⁉）

ジネットは恋愛や情事のことについてとことん無知だった。

父は商売一筋だったし、本来娘にそういうことを教える役割を持つ義母レイラが、ジネットに正しい知識を教えるはずもなく。

（ああ恥ずかしい！　今度、恥を忍んでサラに聞いてみなくては！　……ん？　でも、今まで寝巻きでクラウス様に遭遇した時、サラもそばにいたような……？　なんだかニコニコしているなとは思ったけれど、怒られたことはなかったような……？）

なんてことを思い出していると、何かに気づいたクラウスが顔を上げた。

「おや。ジネット、クリスティーヌ夫人が来ているよ」

「えっ！」

あわてて顔を上げると、お店の入り口には確かにクリスティーヌ夫人が立っていた。優雅な笑みを浮かべながら、興味深そうに並ぶ額縁を見つめている。その隣にはパブロ公爵もいた。

「大変！　私、ご案内してきます！」

そう言うとジネットはすぐさま駆け出したのだった。

そうしてキュリアクリスがこの国に持ち込んできたチューリップは、額縁とともに階級問わず、ものすごい勢いで広まっていった。王都のみならず、貴族たちによって辺境の地や田舎にも持ち込まれたチューリップはそこでも爆発的な人気を獲得したのだ。

ルセル商会のチューリップが売り切れた後も皆どこから仕入れたのか、日に日に国にチューリップが増えていく。

……それは〝熱狂〟と呼ぶにふさわしく、広まりすぎとも言えるくらいの勢いだった。

そしてその影響は少しずつ少しずつ皆の歯車を狂わせてゆき、気づけば狂いはジネットたちの足元にまで、ひたひたと忍び寄っていたのだ。

◆

「……えっ⁉　仕入れ先を引き抜かれたのですか⁉」

ルセル商会の会長室で、ジネットはすっとんきょうな声を上げた。目の前には難しい顔をしたキュリアクリスが立っている。

彼は王族ながらも仕事面では非常に真面目で、今まで一度も遅刻をしたことがない。けれど今日、わざわざ朝一番にやってきたかと思うとジネットにそんなことを報告したのだ。

「ああ。どこからか嗅ぎつかれたらしい。あのハイエナどもめ」

「確かにここ最近、奪い合いが過熱しているとは聞いていましたが……ついにキュリ様のところでもそんなことが起こるなんて」

この国でチューリップ熱が加速するにつれ、球根の値段はどんどんと上がっていった。

労働者階級では、家族全員を一年養うのに必要なお金は三百万クランダーと言われている。それに対して貴族向けの〈スペルヴァンホーデン〉は、当初の発売価格が十万クランダー。そして労働者階級向けのチューリップは五千クランダーで販売されていた。

しかし売り切れに次ぐ売り切れで、初めに〈スペルヴァンホーデン〉が、次いで普通のチューリップがことごとく転売されるようになってしまったのだ。

十万クランダーが二倍の二十万クランダーになり、さらにそれでも足りず、三十万、五十万と跳ね上がり続ける。普通のチューリップも五千クランダーだったものが五万クランダーになり、それでも欲しがる人は後をたたず、気づけば転売されたチューリップは、〈スペルヴァンホーデン〉の初期販売価格をも超えて二十万クランダーで販売されるようになっていたのだ。

そうなると当然、いくら皇族に恩があるとは言え、仕入れ先でのチューリップ農家から不満が出てくる。『同じチューリップなのに、他の農家はもっと高値で買い取ってもらっている!』と。

もちろんジネットたちも、少しずつ仕入れ値を上げて対策していたつもりだったのだが……。

「皇族を裏切ろうだなんて輩も大したものだが、引き抜きに来ている方も相当だ。なんとひとつの球根に、百万クランダー出してくれるそうだぞ」

「ひゃく……!? 仕入れ値にですか!? 十倍の価格じゃないですか!!」

くらりとめまいを感じて、ジネットはこめかみを押さえた。

花の球根ひとつに十万クランダーも相当な価格だと思って販売を始めていたのに、まさか仕入れ値の時点で百万クランダーだなんて。

「逆に言えば、その価格でも利益が出ると踏んでるからこその値段だ。幸い引き抜かれた数はそれほど多くないが、そのために全体の仕入れ値をグンと上げるはめになった」

価格を聞けば、当初の仕入れ値の二十倍以上にあたる三十万クランダーとのことだった。

「でも、それでも安く痛手が少なく済んだ方ですね……。普通であれば、より高く買い上げてくれるところに鞍替《くらが》えされても文句は言えませんから……」

キュリアクリスの場合は彼が〝皇族だから〟という強力な手札を持っているが、そうでない商会は純粋に金貨での殴り合いだと聞く。

同じ球根を三十万クランダーで買ってくれるところと、三倍以上の百万クランダーで買ってくれるところがあるなら、当然後者を選ぶ。そうやって商人たちは仕入れ先を奪い、また奪われるを繰り返していた。

エドモンドやゴーチエといった馴染《なじ》みの商人たちも、連日めまぐるしく交わされる情報交換の場で同じことをぼやいていたのを思い出す。

「それにしてもたったこれだけの期間に、こんなに価格が変動してしまうなんて……」

「投資家……いや、転売屋に目をつけられてから一気に流れが変わった気がするな。奴ら、はなから花を育てる気はないらしい。球根をひたすら転がして、どれだけ儲けられるかしか考えていない」

「それが彼らのやり方ですからね……。問題は、その価格でも売れてしまうことです。とりあえず、まずは在庫を確認しないと！」

「そうだな。まずはそれが優先だ」

ジネットとキュリアクリスは急いで顧客名簿を引っ張り出した。

「予約したお客様にお渡しできないとなると大問題です。価格の上昇も、きちんと訪問してご説明しなければ」

一番初めに知らせるのはやはりパブロ公爵夫妻だ。

（それからサロンの皆様や、他の皆様のところも行かないと……！）

めまぐるしく頭の中で算段をつけていると、不意にキュリアクリスが一歩ずいと近づいてきた。

「ところでジネット嬢――いや、ジネット？」

「はい？」

「珍しく今日、クラウスがいないようだが」

「ああ」

言って、ジネットは名簿から顔を上げた。

「クラウス様なら、今日は視察で夜までおでかけしていますよ」

彼は今日、領主としてどうしてもはずせない視察のため、泣く泣くジネットの元を離れていた。

朝方馬車まで見送りに行った時、クラウスはなかなかジネットと繋いだ手を離そうとせず、最後までずっと哀れっぽい声で、

『お願いだジネット。約束してくれないか。絶対に絶対に絶対にキュリアクリスとふたりきりにはならないと。嫌な予感しかしないんだ』

と言っていたのだ。

「へぇ」

それを聞いたキュリアクリスが、一気に楽しそうな顔になる。それから再度ずいと距離を詰めて来たかと思うと、ジネットの前に立ちふさがった。

「キュリ様……？」

彼は本当に背が高く、そして体格がよかった。

その体格から生み出される威圧感に、ジネットはたじ……となった。反射的に後ずさったものの、すぐ後ろには大きな本棚が立ちふさがり、それ以上逃げられない。

そんなジネットを見て、キュリアクリスがネズミを追い詰めた猫のようににぃと笑った。

「クラウスはああ言っていたが、どうやら私とうっかりふたりきりになってしまったようだね？」

言いながら、切れ長の黒い目が楽しそうに細められる。それは野生の虎を思わせる迫力と色気が混在する、ひどく蠱惑的《こわくてき》な笑みだった。

（わあ……このお方、本当に雰囲気があって絵になりますね！　サラが見たら鼻血を出しそう）

なんて怖じ気づきながらも考えていると、ゴツゴツとした大きな手が伸びてきて、ジネットの腰をぐいっと抱き寄せてくる。

「ってあの！　そういうのはだめですよ！」

「なぜ？　君がクラウスの婚約者だから？　だが前に言っただろう。私は絶対に諦めないし、きっと君を皇妃として連れ帰ってみせると。恨むのなら、私たちをふたりきりにしてしまったクラウスを恨むことだね」

言いながら、キュリアクリスがぐぐぐと顔を近づけてこようとする。その顔を力いっぱい押しのけながら、ジネットは叫んだ。

「いえ、あの、そもそも私たち、ふたりきりにはなっていませんので！」

直後、キュリアクリスの動きがぴたりと止まり、部屋の中に沈黙が流れた。

「……ふたりきりじゃない？　一体何を……ってうわ！」

きょとんとしたキュリアクリスは何かを言いかけた直後、いつの間にか自分の真横に立つギデオンに気づいて声を上げた。彼は無言で微笑んでいたが、目がらんらんと光っている。

「ギ、ギデオン殿、いつの間に」

距離の近さにもたじろぐことなく、父の片腕であり、家令ギルバートの双子の兄弟であるギデオンがくいっと片眼鏡を押し上げる。それから朗らかにこう言ったのだった。

「わたくしめは最初から部屋におりましたよ」

第三章　熱狂の果てに

「アリエル！　アリエル！　どこにいるの⁉」

アリエルが庭にしゃがみこんで作業をしていると、母レイラの声が聞こえた。どうやら自分を探しているらしい。

アリエルは作業を中断すると、家の中にいる母親に向かって大声で叫んだ。

「私はここよ、お母様！」

その声を聞きつけた母がいそいそと家の中から駆け出してくる。もちろんその手には焼けないよう、日傘を持っていた。

「お母様、一体どうなさいましたの？」

言いながら、アリエルはぱんぱんと手袋をつけた手をはたいた。たちまち土埃《つちぼこり》が辺りに舞い、母がウッと顔をしかめる。

「ちょっと！　なんなんですのその恰好《かっこう》は！　淑女らしくないわよ！」

「あっ」

指摘されて、アリエルは自分の恰好を見下ろした。

日よけの大きな麦わら帽子に、髪は汚れないよう後ろでひとくくり。ドレスの上には土避けのエプロンをつけ、手袋をつけた手にはスコップを持っている。

「鼻の頭にまで土がついている！」

嫌そうに言われて、アリエルはあわてて手の甲でごしごしとこすった。

「ごめんなさい、チューリップの球根を掘っていたから……。でも見てお母様！　ギルバートの言う通りにしたら、本当にもう一度球根がとれたのよ！」

なんて言いながら、アリエルは無邪気に小さな球根を差し出した。それは義姉のジネットにもらった球根でもあった。

――アリエルは球根をもらってすぐ、家令のギルバートに花の世話を押し付けていた。なのにそれを自分で掘り起こしていたのには理由がある。

実はあのガラスのネックレス事件以降、なぜかアリエルがジネットをいじめていたことが社交界で噂《うわさ》されるようになってしまったのだ。

そのせいでアリエルへの求婚は激減。

さらに舞踏会に出ると、かつてのジネットのように、今度はアリエルがくすくすと笑われるようになっていた。『優しくしてくれた義姉をいじめた悪女だ』と。

大方、令嬢たちの暇つぶしに使われていることは想像がついたのだが、ジネットと違ってアリエルのそれは全部事実。

自業自得すぎるがゆえに肩身が狭く、また居心地も悪く、気づけばアリエルは逃げるようにして社交界とのかかわりを絶ってしまったのだ。

けれど、家の中ではあいかわらず母が毎日イライラしていて居心地が悪かったし、刺繡《ししゅう》やピアノも飽きてしまった。

その結果あまりに暇を持て余したアリエルは、自らの手で花に水をやり始めたのだ。

そうしてギルバートに教わりながらせっせとお世話を続けたところ、チューリップはそれはそれは見事な花を咲かせた。

咲いたのは、アリエルの大好きなピンクと白が淡く入り混じる、幻想的で可愛い花。

初めて開花したその花を見た時、アリエルは感動にしばらく立ち尽くしていた。初めて自分の手で咲かせた花ということも大きかったかもしれない。

今まで花なんて少しでも萎《しお》れればさっさと捨てていたのに、このチューリップだけは風や虫にやられないよう毎日様子を見てまめまめしく世話をした。

その上ギルバートいわく、もう一度この球根を植えることで、来年もまたこの花に会えるらしい。

それを知ってから、アリエルにとってはこの花が唯一で最大の楽しみになっていた。

「ふぅん？　この土くれみたいなのが球根なの？　これを植えると、またチューリップが生えてくるということ？」

「そうよ！　すごいでしょう！」

アリエルは目をきらきらと輝かせながら説明した。

チューリップはただ花を咲かせて球根を掘るだけじゃだめなこと。事前に花を摘み取ってから球根に栄養を与えて太らせる必要があること。これらは全部、ギルバートから教わったことだ。

(最初は土に触るなんて汚いと思っていたけれど、触ってみたら意外とおもしろかったのよね。ま、一番は暇だったからというのもあるのだけれど)

母は「ふぅん……」と興味なさそうに聞いていたが、アリエルは構わず喋《しゃべ》り続けた。

「花が咲いた時の感動ってすごいのよ！　植物って生きているんだなって思ったもの。次はぜひお母様もご一緒に！　きっといい気晴らしになると思うの！」

「そうね。考えておくわ」

言って、母はアリエルが持っていた球根をひょいと摘まみ上げた。それを見たアリエルは、てっきり母が球根に興味を持ってくれたのかと思った。

けれど――。

「ま、でもあなたがそんなに言うのなら、きっとこの球根を使えばチューリップが育つのでしょう？　よくやったわアリエル。これは家のためにもらっていくわね」

「はい……えっ？」

(もらっていく、って……？)

とっさのことに、アリエルの思考が止まる。母は満足そうに続けた。

「今チューリップの球根はとんでもない値で売られているそうよ。あなたがもらったのは、ジネットが売っている〈スペルヴァンホーデン〉でしょう？　その球根には信じられないことに、最安値でも三十万クランダーの値がつくらしいのよ。笑っちゃうでしょう？　こんなただの土くれが、宝石よりも高いだなんて」

くつくつと、レイラは楽しそうに笑った。

（えっ。お母様、もしかしてこれを売ろうと思っていらっしゃるの……？）

母が何をしようとしているのか思い当たって、アリエルは戸惑いながらも主張してみた。

「あの、お母様？　でもそのチューリップは、私のよ……？」

けれどアリエルがそう言うと、母レイラはわざとらしいほど大きく「はぁ」とため息をついた。

その仕草にアリエルがびくりと震える。

――ジネットがいる時は、アリエルは母と一緒になってジネットを攻撃することで災難を逃れてきたのだが、元々母レイラは気が荒いのだ。

ジネットがいなくなってから、アリエルは母から八つ当たりをされることがぐんと増えた。特に最近はずっとイライラしているため、少しでも怒らせないよう常に機嫌を伺っていたのだが……。

冷たい青い瞳にじろりとねめつけられて、アリエルはびくっと肩をすくめる。

「アリエル……。あなたわたくしに口答えするつもり？　そもそもあなたがいい縁談相手を見つけてこないから、わたくしがお金を工面するはめになっているのでしょう!?　男爵は生きているらしいけれど全然戻ってこないし、我が家の財布はあいかわらず忌々《いまいま》しいギルバートが握ったままだし！　文句があるならお金持ちの結婚相手でも捕まえてきなさい！」

「ごめんなさい……」

アリエルはしゅんとなって謝った。その様子に、母が満足そうに鼻を鳴らす。

「そういうわけだから、この球根はもらっていくわよ」

「で、でも……どうしてもそれを売らないとだめかしら？　私の宝石はどう？　私、その球根がもう一回咲くのを楽しみにしていて……」

「アリエル」

氷のような冷たい声だった。

心臓をぎゅっと握られたような気がして、アリエルの細い首筋を冷や汗が伝う。

「これを売ることで、あなたはようやく家の役に立てるのよ。わかる？　だからこれを売るわ。いいわね？」

そう言って母は微笑んだが、その瞳はちっとも笑っていなかった。

「は、い……」

拒否を許さない母の眼差しに、アリエルはうつむく。

確かに、アリエルは今までほとんど家の役に立ってきてはいない。

ジネットのように家にお金を入れることもなければ、悪評が広まってしまったせいで、求婚者もほとんどいなくなってしまった。そもそもクラウス以外の求婚を受け入れるなんて考えられないし、このままだと嫁《とつ》ぎ後れになりかねないのは自分でもわかっている。

そんな中で、あの小さな球根が母の助けになると言うのなら。

（……そうよね。私の花が役に立つのなら喜ぶべきよね……）

そう思いながら、アリエルはいつまでもいつまでも、じっと空っぽになった花壇を見ていたのだった。

その後もチューリップの価格高騰は止まらなかった。

百万クランダーが百五万十クランダーになったかと思うと、次の日には二百万クランダーになる。

貴族も商人もこぞって咲いた花に華美な名前をつけたがり、球根が手元にないにもかかわらず、価格だけが上がり続ける。

人々はまるで熱病に浮かされたように、チューリップを追い求めていた。

「一体なんなんだこの熱狂ぶりは……！」

ルセル商会の会長室で、そう言いながら頭を抱えたのはキュリアクリスだ。周りにはジネットやクラウスの他、ギデオンを含めたルセル商会のメンバーもいる。

キュリアクリスが仕入れ先にしていたチューリップ農家も、ついに皇族という手札だけでは縛れないほどの高額引き抜きを受けていた。

そのため、ルセル商会でもどこまで仕入れ値を上げるのかという会議を開いていたのだ。

「確かにチューリップは我がパキラ皇国では高貴なる花だ。それだけの美しさと価値もあると自負している。だがいくらなんでもこの熱中ぶりはおかしいぞ」

キュリアクリスが頭を振りながら、理解できない、というように言い捨てた。そばで聞いていたクラウスも顎に手を当て、考え込むようにして言う。

「……我が国はこの数年、かつてないほど富んでいる。鉱山や航路から得た財で豪商となった商人は少なくないし、何を隠そうルセル男爵だってそのうちのひとりだ」

彼の言葉に、ジネットとその場にいたルセル商会のメンバーがうなずく。

「それは貴族たちだって同じだ。彼らが得た先買権が一体どれほどの利益を生み出しているのかはわからないが、間違いなくお金は持っている。そして時間もある。となると皆、お金をつぎ込める何かを探していたとしてもおかしくはない」

「それに選ばれたのがチューリップだった……というわけか」

キュリアクリスの言葉に、クラウスは静かにうなずいた。

（確かにマセウス商会のミルクガラスといいオーロンド絹布《けんぷ》といい、この数年は順調すぎるほど物が売れていると思ったけれど……それはこの国が豊かだったからなのね）

ジネットはクラウスたちと違って経済学をきちんと学んだわけではなかったが、それでもこの国が富んでいるのは肌で感じていた。

この国の黄金時代とでも呼ぶべき時代が到来したことにより、人々がより美しいもの、より価値のあるもの、そしてより熱中できるものを探し求めるように。結果、お金を投じたのが今のチューリップだったのだ。

「熱狂の理由がわかったところでさぁ、仕入れ値の件はどうするんだい？　このまま際限なしに値上げしつづけるのかい？」

そう渋い顔で切り出したのは、ルセル商会の母親役とも言える壮年の女性だ。

ジネットとも付き合いが長く、よく可愛がってもらっていた。

「あたしゃ危険な匂いを感じるがね」

そう言った女性に、別の男性が食って掛かる。

「だが、見てみろ！　チューリップの価格は際限なしにどんどん上がりつづけているんだぞ。今ここで手放して、一年後に十倍になっていたらどうする？　我々は大損をすることになるのだぞ！」

彼も父の仲間として長年、ルセル商会に貢献してきている人物だ。

ふたりは互いの意見をぶつけ合い始めたかと思うと、すぐに他の人も混じって喧々囂々《けんけんごうごう》の騒ぎとなった。

一方のジネットは、彼らの発言をひとつひとつ注意深く聞きながらじっと考え込んでいた。

やがて埒《らち》が明かないと思った従業員たちが、ぐるりとジネットの方を向く。

「ジネットちゃんはどう思うんだい⁉」

「そうだ、今の会長はあんただ。ジネットちゃんが決めてくれたら、俺たちも文句は言わねえ！」

その言葉とともに、視線が一斉にジネットに集まる。

ジネットは両手を組むと、ゆっくりと目をつぶった。

それから——。

（これは……この感じは……）

かと思うとカッと目を見開いた。

（久々のご褒美ですね⁉）

——何を隠そう、ジネットはとてつもなくワクワクしていたのだ。

商売がうまく行った後は、大体何かしらのご褒美がやってくることが多いが、まさか今度はこんな異常な高騰と球根の奪い合いだなんて。

（今回のご褒美は新手《あらて》ですね⁉　どう対処したらいいのかしら⁉）

未知なるご褒美に瞳はギラギラと輝き、知らず知らず鼻の穴が膨らんでいく。

無意識のうちにフンッフンッと鼻息荒くなったジネットに気づいたクラウスが、フフッと笑みを漏らした。それから頭の上にクエスチョンマークを浮かべているキュリアクリスを尻目に、ジネットにそっと囁《ささや》く。

「ジネット、興奮しすぎて息が浅くなっているよ。ほら、ゆっくり深呼吸して……」

「えっ！　あっ！」

指摘されて、ジネットはハッとした。

見れば、先ほどまでバチバチにぶつかり合っていたルセル商会の面々が、今は「やれやれ」という顔でジネットを見て笑っているではないか。

「本当、ジネットちゃんはあいかわらずだねぇ」

「まったく、こんな時でもそんなに目をきらきらさせられるの、お前さんぐらいだよ」

「懐かしいですねこの感じは。ジネットさんが帰って来たという気がします」

そう言ってくすくす笑っているのはギデオンだ。

「そ、そうでしょうか……！」

照れるジネットに、にこにこと見守るルセル商会のメンバーたち。

先ほどまでが嘘《うそ》のように場の空気が和み、唯一まだジネットの『ご褒美』思考についていけていないらしいキュリアクリスだけが、ひとり不思議そうにまばたきを繰り返している。

そんな彼に、クラウスが自慢げな顔で近づいて行った。

「キュリ。君にも教えてあげよう。僕のジネットはね、どんな時でもめげず明るさを忘れない、それはそれはたくましい精神を持っているんだよ」

「へぇ？」

「ジネットにとって苦境や試練はすべてご褒美なんだ。そして試練に立ち向かうジネットの姿を見てごらん。瞳は朝露に濡れた新芽の如く輝き、紅潮した頬は雪に散った薔薇のよう。その姿は戦いの女神よりなお気高く勇ましく、美の女神よりなお愛らしく美しいと思わないか……！」

聞いているうちに段々過激になっていく台詞に、そばにいたジネットの顔が赤くなった。

（⁉　あ、あの、クラウス様！　それはいささか褒めすぎなのではないでしょうか⁉　全部聞こえています……！　というかクラウス様の目に私の姿はどう映って⁉）

一方、瞳を潤ませて語るクラウスを、キュリアクリスは新種の生物を見るような目で見た。

「クラウスお前……いつのまに詩人を始めたんだ」

ハッとしたクラウスが、頬を赤らめる。

「……ゴホン。つまり僕が言いたいのは、ジネットがどういう行動に出るのか、僕も、それからみんなも楽しみにしている、ということだよ」

彼の言葉に、ギデオンたち他の従業員もうなずいた。

「ルセル商会の会長はあなたです。ジネットさん」

「あたしたちはあんたについていくよ、ジネットちゃん」

「さあ、俺たちに教えとくれ。これからルセル商会は、どう進んでいけばいいんだ？」

皆が見つめる中で、ジネットはゆっくりと口を開いた。

「止めるにせよ、進むせよ――皆さん、もう少し私に時間をくれませんか」

「時間？」

「はい、時間です。今の状況はあまりにも未知数すぎて、決断するためにはもっと判断材料が必要だと思うんです。もちろん、のんびりしている余裕はありませんが……」

ジネットの言葉に、キュリアクリスは「確かにそうだな」と呟《つぶや》く。

「それなら、交渉をしばらく先に伸ばせばいいのか？　それだったらなんとかなりそうだ」

「はい！　お願いいたします！　その間に私も結論を出しますね！」

ジネットの力強い声に、その場にいた人たちが皆うなずいた。

◆

「おーほっほっほ！」

ルセル家に響く母レイラの笑い声を、アリエルはつまらなさそうな顔で聞いていた。こんなに上機嫌な母の姿は久しぶりだ

「まさかあんなちっぽけな球根が、五十万クランダーで売れるなんて！　アリエル、あなたでかしたわね！」

母は誰相手かは知らないが、アリエルの育てた球根をいい値段で売って来たらしい。確かに花の球根に五十万クランダーは異例だが、アリエルは素直に喜ぶ気になれなかった。

「そう、よかったわね」

興味なさそうに返すと、気づいたレイラが近づいてくる。それから彼女はアリエルの肩に両手を載せると、猫なで声で囁いた。

「ねぇアリエル。この調子でジネットに〝お願い〟して、もう少し球根をわけてもらいなさいな。育てる前の球根なら、さらにいい値で売れるんじゃなくて？　どうせあの子、いっぱい貯めこんでいるんだから」

その言葉に、アリエルはムッとして母の手を振り払った。

育てる前の球根ならもっと高値で売れるということは、アリエルが頑張って育て、家のために差し出した球根は無価値も同然だと言われたような気がしたのだ。

「……嫌。欲しいなら、お母様が自分で言ってきたら？」

「あらあら、何をすねているの？　私たち、前はなんでもジネットに調達してもらってたじゃない」

真っ赤に塗られた長い爪が、つ……とアリエルの頬を伝う。母の視線から逃げるように、アリエルは目を逸らした。

確かに、まだジネットが家にいた頃はなんでもジネットに〝お願い〟していた。

どんなに高価なものでも用意してもらって当然だったし、その見返りとして何かを渡したこともなければ、お礼を言ったこともない。

なのになぜ、今は嫌なのか。

（別に、私が育てた球根を馬鹿にされたからだけじゃないわ……）

――この数カ月で、アリエルの生活は大きく変わっていた。

以前までのアリエルは、裕福な令嬢として常に新しいドレスに身を包み、高価な宝石をぶら下げ、きらびやかな舞踏会に出かけていた。男性たちからはちやほやされ、でも本命のクラウスだけは振り向いてくれず、その腹いせに冴《さ》えないジネットの悪口を流し、こき使う。

それが、今は。

ジネットが去ると同時に、クラウスは去った。そして社交界も。

家の中には常にイライラしている母と、おどおどびくびくしながらこちらの機嫌を伺ってくる少数の使用人たちだけ。

舞踏会に出かけられないアリエルにできることと言えば、毎日毎日刺繍をしたり、庭の花に水をあげたりすることだけ。

その生活は静かで――そして考える時間がたっぷりとあった。

「……おや、今日はずいぶんと静かなのですね？　お嬢様」

数カ月前のその日、アリエルがジネットにもらった球根に水やりをしていると、いつの間にやってきたのか家令のギルバートがそばに立っていた。

アリエルがちらりと見上げると、片眼鏡をつけた水色の瞳が珍しく穏やかに微笑んでいる。

「ついこの間まで暇だ、退屈だ、遊びに行きたいと、散々騒いでおられましたのに、一体どんな心境の変化があったのですかな？」

「……別に。ただ気づいてしまっただけよ」

「ほう？　気づいたとは、何にでございますか？」

その質問にアリエルは答えなかった。

無言の間に、じょうろから注がれる水がちょろちょろと生まれたばかりの芽に注がれていく。

やがてギルバートが返事を諦め、帰ろうとしたその時だった。

「ねえ、お義父様は無事だったんでしょう？　ならお義父様が帰ってきたら、前みたいに家がにぎやかになると思う？」

ぽつりともらされた言葉にギルバートが目を丸くする。

「……それはジネットお嬢様がいた頃のように、ということでしょうか」

ギルバートの質問に、アリエルはしばらく考えたのちにこくりとうなずいた。

「そういう話であれば、恐らく旦那様が戻って来たところでこの家は前のようには戻らないでしょうね。旦那様はにぎやかな方ですが元々不在がちですし、何よりこの家で太陽のように皆を明るく照らしていたのはジネットお嬢様ですから」

以前までのアリエルだったら、ギルバートの言葉を鼻で笑っていただろう。「どこが太陽なの？

騒がしくて品がないだけじゃない」と言っていたに違いない。

けれど今のアリエルはそうしなかった。

母とふたりきりとも言える状況でずっと過ごしているうちに、嫌でも気づいてしまったのだ。

ジネットがいなくなったルセル家が、異様なほど寂れてしまったことに。

(お姉様はどんなに無茶を言っても、いつもへらへら笑っていたのよね。お義父様だって声がすごく大きかったから、ふたり揃《そろ》うと本当にうるさいぐらいで……)

母レイラは、いつもそんな義父と義姉のことを粗野だと言って見下していた。義父の前では猫をかぶっていたが、いなくなるとこれ見よがしに、「これだから成金って嫌ね。品がないわ」とアリエルに囁いてくるのだ。

(確かに、お姉様はとってもうるさかったし、とっても目障りだったし、商売のことを話し始めると止まらなくなって、とっても気持ち悪かった。でも……いつどんな時でも明るく笑顔で、そしてわくわくするものをいっぱい見せてくれたのよ……)

可愛い髪飾りが欲しい！　と言えば、どこから手に入れて来たのか、宝石で蝶々《ちょうちょう》の形をかたどった美しい髪飾りを持ってきてくれた。

最先端のドレスが欲しい！　と言えば、新進気鋭の仕立屋に縫ってもらった特注のドレスを持ってきてくれた。

おいしいものが食べたい！　と言えば、異国の珍しい料理レシピを仕入れて、料理人に作ってもらった。

ジネットはアリエルと母のどんな無茶な願いにもにこにこと笑顔を崩さず、まるで魔法を使ったように叶《かな》えてくれたのだ。

当時はそんな毎日が当たり前すぎてなんとも思っていなかったが、アリエルは失って初めて気づいてしまった。

自分がどれだけジネットに甘え、そして依存していたのかを――。

母レイラには言えないわがままでも、ジネットには言えた。

ジネットに手に入れてもらった素敵なものを身に着けて、舞踏会に出かける。

そして憂さ晴らしのため、自分が攻撃されないために、ジネットの悪口を令嬢たちに流す。

すべての場面にジネットが登場し、そしてどれもジネットなしにはできなかったことだった。

(私……お姉様を役立ててあげていると思っていたけれど、全然違った。私たちが全部お姉様に頼りきりだったのよ)

その証拠に、アリエルたちから離れたジネットは今社交界で生き生きと輝いていると聞く。

一方の母は、新しい使用人にあれが違う、これが違う、と毎日怒鳴り散らかしたまま。

「お姉様は……」

蚊の鳴くような小さな声で、ぽつりと囁く。

「うるさかったし品がなかったし、すぐ暴走する。……でもお姉様がいた頃はにぎやかで、楽しかった気がするわ……」

次はどんなものを持ってきてくれるのか、どんなものでアリエルたちを驚かせてくれるのか、アリエルはいつも楽しみにしていたのだ。

そしてどんなにこき下ろしてもめげずにニコニコとするジネットの姿に、どんなに気持ちを助けられていたのかも、ようやく気づいたのだった。

ギルバートがにっこりと微笑む。

「そうですね。この家も豪商の男爵家だから栄えていた、というだけではないと思うのです。旦那様、そしてジネットお嬢様がこの家で明るくふるまっていたからこそ、あのように人が大勢いたのだと思いますよ」

家令のそんな言葉を聞きながら、アリエルは無言で花に水をやり続けていたのだった。


「――私たちがなんでもお姉様に調達してもらっていたのは前の話でしょう。それにお母様。私、もうお姉様を頼るような生活はしたくないわ」

アリエルは言いながら、頬を撫《な》でる母の手をやんわりとどかした。途端にレイラが動揺する。

「な……何を言っているのよ！　第一、それくらい別にいいでしょう!?　あの子は私たちの家族なんだから、少しくらい援助してくれたって」

「家族って……お母様。私たちがお姉様に何をしたのか忘れてしまったの？」

ハァ、とアリエルがため息をつくと、レイラの顔が赤くなった。

「それは……！」

「お姉様は今立派にやっているわ。チューリップのことだって、お姉様があの人気を作ったんでしょう？　なのに我が家はいつまで経っても変わらないまま。……お母様、私たちもそろそろ前を向くべきなんじゃないかしら」

言いながら、アリエルはじっと母を見つめた。

自分と同じ金髪と青い瞳。社交界でも評判だった母の美貌はまだまだ衰えることなく健在なものの、その青い瞳はどろりと濁っている。それは最後に見た、姉ジネットの澄んだ瞳とは大違いだ。

アリエルから正論をぶつけられて、レイラは目を泳がせた。

かと思うと、ワッ！　と大きな声を上げて自分の顔を覆う。

「アリエル……ひどいわ！　あなたのお父様が亡くなった後、私が女手ひとつでどんなに苦労してあなたを育てたのか忘れてしまったのね！　あなたのためにすべてを諦めてあの男に嫁いだのに、今になってあなたも私をいじめるなんて！」

と、この世の終わりのような金切り声を上げる。

その形相《ぎょうそう》に、アリエルはぎょっとした。

「ちょ、ちょっと、お母様……！」

(忘れてたわ！　お母様は都合が悪くなるとわめき始める人だった……！)

あまりの叫び声に、あちこちから使用人たちが何事かと顔を覗《のぞ》かせている。

「ひどい、ひどいわアリエル！　母のために球根すらもらってきてくれないなんて、なんて薄情なの！

私のことなんかどうでもいいのね⁉︎！」

金切り声はますます大きくなっていく一方だ。

（経験上お母様はこうなると、願いが聞き入れられるまでテコでも動かないのよね……）

ハァとため息をつきながら、アリエルは観念した。

「わかったわ。お姉様に球根をもらってくるから、そんな風に言わないで……！」

そんなアリエルの言葉を聞いて母レイラは、ようやくいつもの笑みを取り戻してくれたのだった。

◆

一方その頃。ジネットはルセル商会の会長室で資料とにらめっこをしていた。

机に並べられた様々な資料には、チューリップを販売開始してからの価格変化が事細かに記されている。参考として、そばには他の花の価格変化を記した紙も置かれていた。

（やっぱりこうして見ると、今回だけ異常に値上がりしているわ。他の花ならグンッと落ちていたところで、落ちるどころか上がり続けている……）

ううん、とうなってからジネットは顔を上げた。目の前のソファでは、クラウスとキュリアクリスが同じく難しい顔で、それぞれの資料をにらんでいる。

「今回の件、おふたりはどう思われますか？　無理をしてでも継続すべきか、手を引くべきか」

ジネットの声にふたりは顔を上げた。その表情にはどちらも迷いが浮かんでいる。

「私は継続すべきだと思うぞ」

先に切り出したのはキュリアクリスだった。

「仮にここで手放したら、今まで築き上げてきたものがすべて無になってしまう。価格は高いが、それはチューリップにそれだけの価値があるからこそだと思っている。怖《お》じ気《け》づいた結果、金も名誉も、すべて他人のものになってしまってもいいのか？」

（キュリアクリス様は継続派なのね）

ジネットは考え込んだ。

確かに彼の言う通り、ここで手放してしまったらジネットやクラウス、そして何より両国を繋《つな》いでくれたキュリアクリスの努力が水の泡となってしまうだろう。

「……僕は逆意見だな」

慎重に、言葉を選ぶように言ったのはクラウスだ。彼はゆっくりと、ふたりの反応を探るように言う。

「キュリの言い分もわかるが、このまま突き進むのは危険だと思う。いくらチューリップが美しく貴重な花とは言え、それでも結局のところ〝花〟にすぎないんだ。たったひとつのチューリップが熟練の職人の年収を上回るなど、異常としか言えない」

「その熱狂ぶりこそ商機なんじゃないか！」

クラウスの言葉に、キュリアクリスが被せるようにして言った。

「商売は人の欲と欲のぶつかり合いだ。お前とジネットが協力して人々の欲を作り上げ、今はその欲望の渦がかつてないほど大きく深くなっただけ。今を逃さず摑《つか》み取ってこそ、商人じゃないのか？」

興奮気味に、そしてどこか挑発的に言いつのるキュリアクリスに対して、クラウスも厳しい顔で続ける。

「キュリ。それは本当に商機なのか？　商機と博打を取り違えてはいけない」

「ほう？　値上がりが目に見えているのに、これは博打《ばくち》だと？」

「僕にはそう見えるよ。なぜならそれだけの高値がつく実態がない」

言って、ふたりは無言でにらみ合った。バチバチと、目に見えない火花が飛び散った気がする。

「クラウス……私は君を冷静で落ち着いた男だと思っていたが、まさかこんなに憶病な男だとは思っていなかったぞ」

「おや、奇遇だね。僕も君のことを勇猛果敢な人物だとは思っていたが、軽慮浅謀《けいりょせんぼう》な人物だと考えを改めるべきか？」

「ほほう？」

ピキ、とキュリアクリスの額に青筋が浮かぶ。

「あああ、あの！　おふたりとも落ち着いてください！」

その剣呑《けんのん》な様子に、ジネットはあわてて飛び込んで行った。

「おふたりとも有意義な意見をありがとうございました！　参考にさせていただきますね！」

ぺこりぺこりと勢いよく頭を下げれば、「ふぅ……」とため息がして、浅黒くたくましい腕がジネットに伸びて来た。

そのままぐいっと肩を摑まれ、引き寄せられる。

「わっ！」

倒れそうになったジネットがとっさに手を突き出すと、その手が触れた先はキュリアクリスのたくましい胸元だった。

ガタタッと音がして、一瞬で憤怒《ふんど》の表情になったクラウスが立ち上がる。

「キュリ！　ジネットから手を放せ！」

一方のキュリアクリスは、クラウスの怒声などどこ吹く風。手を放すどころかますますジネットを引き寄せ、クラウスに見せつけるように不敵に笑ってみせた。

「いやあすまない。少し頭に血が上りそうになったのでね。自分を落ち着けるために癒やされたくて、つい彼女に手が伸びてしまった。こういうのを、最近はアンガーマネジメントと言うんだったかな？」

なんて言いながら、ジネットの髪を嗅ぐように顔を寄せてくる。

「あっあの！　キュリ様！　戯《たわむ》れもそこまでにしてください！」

ジネットが全力で押しやろうとするものの、キュリアクリスはビクとも動かない。力が強いのだ。

そこに、ゆらりとひとりの人物が立ちふさがった。――クラウスだ。

「キュリ」

そう呼んだ声はかつてないほど低く恐ろしく。

クラウスの表情は静かだったものの、瞳の奥に光るのは鷹《たか》のように獰猛《どうもう》な光だった。

すぐさまガッと伸びて来た手が、キュリアクリスの手首を強く掴む。

「前に言っただろう。いくら君とて、ジネットのことだけは許さないと。今すぐ彼女から手を放せ」

それに対してキュリアクリスはにやりと笑っただけ。

しばらくギギギ……と、無言の応酬が繰り広げられた後、突如キュリアクリスがジネットからパッと手を放した。

「そうムキになるな。私も君と本気で喧嘩《けんか》がしたいわけじゃあない。しかしクラウス、君は思ったより力が強いんだな？」

言いながらキュリアクリスが手を掲げると、その手首にはくっきりと赤い手形がついていた。クラウスが掴んだところだ。

「だ、大丈夫ですかキュリ様！　手当てを」

「大丈夫だ。これくらいすぐ治る。それよりもクラウスは怖いな？　友に対して、こんな手荒いことができるなんて」

冗談めかして笑うキュリアクリスに、クラウスはぶすりと返した。

「手加減しなかったことを謝るつもりはないぞ。ジネットに手を出す以上、覚悟の上のはずだ」

「はは！　確かにそれは君が正しい。よその婚約者に手を出そうとしている雄は何をされても文句は言えないな。それでこそ、奪い甲斐《がい》があると言うものさ」

「キュリ……！　君という人は……！」

その時だった。

コンコンコン、と部屋の扉をノックする音がして、ギデオンが入って来たのだ。

「すみません、お取り込み中でしたか」

「いいえ大丈夫よ。どうしたの？」

ジネットがすぐに向くと、ギデオンはためらいがちに口を開いた。

「それが……ジネット様にお客様が来ているのです」

「お客様？　誰かしら？」

（クリスティーヌ様？　それとも商会のおじ様たち？）

ジネットが考えていると、ギデオンがスッ……と体をずらした。

その先に立っていたのは――義妹のアリエルだった。

「アリエル？」

予想外の人物に、ジネットが目を丸くする。それからすぐにパッと笑顔になったかと思うと、急いでそばに駆け寄った。

「どうしたの？　あなたがここに来るなんて初めてだわ！」

今までアリエルは、ルセル商会に決して近づこうとはしなかった。

労働者階級向け商品の多い商会にはアリエルが欲しがるような物は置いていなかったし、そもそも商売していることをずっと気持ち悪がっていたのだ。

「うん……あの……お姉様にちょっと相談したいことがあって……」

そう歯切れ悪く言ったアリエルに、ジネットが眉をひそめる。

（あら……？　アリエルはどうしたのかしら。いつもだったらもっとハキハキとしているのに、今日

は歯切れが悪いわ。どこか体調が悪いのかしら）

おまけに、服装も以前とはだいぶ違う。

アリエルはずっとピンクが好きで、いつも趣向を凝らした様々なピンクドレスを着こなしていた。そのこだわりは髪飾りから靴先にまで至り、いつどんな時でもふわふわで可憐《かれん》な姿を保っていたというのに。

（今のアリエルは……なんだか違う人になってしまったみたい……？）

着ている服はいつも通りピンク色なものの、よく見るとフリルが少しへたれてしまっている。きっと同じ服を何度も洗濯したからなのだろう。それもアリエルには珍しいことだった。彼女は一度着た服は、すぐに侍女に下げ渡してしまうのが常だったのに。

それに、いつも念入りにくるくるに巻かれた髪も、今は申し訳程度に結われているのみ。

清潔感こそ保たれているものの、身なりにうるさいアリエルとは思えないほど質素な恰好をしていた。

ジネットは後ろを振り向くと、何事かとこちらを見ているクラウスとキュリアクリスに向かって言った。

「あの……申し訳ないのですが、私とアリエルをふたりきりにしてもらってもよいでしょうか？」

すぐに察したふたりがうなずき、無言で出て行く。

やがてジネットとアリエルのふたりきりになった部屋で、ジネットはアリエルをソファに座らせた。

それから用意してもらったティーポットからとぽとぽと薄紅色のお茶を注ぐ。

「それで相談とは？　もしかしてお義母様《かあさま》に何かあったのですか？　それともあなた自身に……⁉」

心配しながら、恐る恐る尋ねる。

いつも会うなり「お姉様！　私欲しいものがあるの！」と大声で言ってきた今までの彼女が嘘だったように、アリエルは部屋に入ってからもずっと無言だった。

こんなに大人しいアリエルは初めてで、見れば見るほど不安になってくる。

ジネットがドキドキしているのが伝わったのか、その時になってやっとアリエルは少し照れたように言った。

「ち、違うのよ。別にそんな大したことじゃなくって……ただ、お母様が球根をもらってこいってあんまりうるさいものだから……！」

「球根？　……って、チューリップの？」

「……そうよ」

言って、アリエルが恥ずかしそうにぷいとそっぽを向く。ジネットは目をぱちぱちとしばたたかせた。

（球根をもらいに来ただけなの？　意外だわ。もっと大きなことを頼まれるかと思っていたのに）

それに前回会いに行った時、義母はチューリップの球根を鼻で笑っていた。それがなぜ急に……と気づいて、ジネットは「あっ」と声を出した。

（そっか！　社交界でブームが起こっているから、お義母様もきっと欲しくなってしまったのね！）

元々義母もアリエルも、流行には目がない人たちだ。まだジネットがルセル家にいた頃もいち早く最先端の品を手に入れるよう、何度も頼まれた記憶がある。

「でもごめんなさい……。今はまだ時期じゃないから、私たちも現物を持っていないの」

（とは言ってもきっとアリエルに怒られるわね。うーん、ここはなんて対応すべきでしょう……）

義母にもアリエルにも「できない」は通用しなかった。

どんな理由があれ、「入手できない」というのはつまり、ふたりにとってはジネットの無能のせいでしかない。

けれど、そこでもまた予想外のことが起きた。

「そう……なの。時期じゃないのなら……仕方ないわよね……」

と、アリエルがなぜか怒る様子もなく、うなずいてしまったのだ。

これにはさすがのジネットもあわてた。

「あの……アリエル？　あなた本当に大丈夫……？」

心配になり、思わず手を伸ばしてアリエルの額にぺたりとくっつける。

「ちょっ、やめてよ！　私は大丈夫ですわ！」

その時にようやくいつものアリエルらしさが戻って、ジネットはホッとした。

様子を観察されていることに気づいたのだろう。アリエルが照れを隠すように、つっけんどんに言う。

「……私も本当は嫌だったんだけれど、お母様がどうしてももらってこいって言ったのよ」

それを聞きながらうんうん、とわかったようにジネットがうなずく。

「社交界のみならず、今この国全体でチューリップブームになっていますからね！　入手困難だと聞きますし、それでもあの美しいお花を飾りたいという気持ちは痛いほどわか――」

「そうじゃないわ」

けれどジネットの言葉が終わる前に、アリエルはばっさりと切った。

「えっ違うんですか」

驚くジネットに、アリエルが「わかってないわね」とフンと鼻息荒く言う。

「お母様はチューリップになんか興味ないわ。お母様はただ、チューリップを転売してお金を稼ぎたいだけよ」

「チューリップを……転売……？」

「ええ。なんでも儲《もう》かるんですって。この間お姉様にもらったチューリップだってお母様が売り払ってしまったわ。ばっかみたいよね、たかだか花の球根に五十万クランダーだなんて」

そう言ったアリエルの顔は怒っていたが、同時にどこか傷ついているようにも見えた。

「そりゃあ、確かに綺麗《きれい》なお花だと思うわよ？　でもそれだけのためにあちこちで奪い合って、それだけじゃ足りなくて盗みまでって……異常よ」

（あら！　盗みが異常だなんて……アリエルは以前からずいぶん変わってしまいましたね⁉）

確かに、巷《ちまた》ではチューリップ泥棒が多発している。

既に栽培されているチューリップを盗む者があまりに多いため、チューリップ畑専門の警備員が雇われるほどなのだ。

けれどルセル家にいた頃、ジネットの髪飾りなどを盗んでいったのは他らぬアリエル自身。

てっきり彼女は何も気にしていないのかと思っていたのだが……。

そんなジネットの視線に気づいたのだろう。頬を赤くしたアリエルが、あわてて否定する。

「わ、私だってダメなことはダメってちゃんとわかってるつもりよ！　もちろん、そもそもやるなって話なんだけど……」

もごもごと、気まずげに言い訳する。ジネットは微笑んだ。

「ふふ、いいんですよアリエル。あなたがちゃんとした考えを持っていてほっとしました！　では、今こそちゃんと謝ってくれますか！」

「えっ」

ジネットの言葉に、アリエルが驚いた表情をする。その顔には「今謝らなくちゃダメ……？」と書かれていた。

（姉として、しっかり導かねばですからね！）

「過去のことでも、悪いことは悪いことですから！　さぁどうぞ！」

うながされて、アリエルはうぐぐ……と顔をしかめた。それから散々うめいたのちに、ジネットから目を逸らしつつも、蚊の鳴くような小さな声で言う。

「その……い、今まで……ご…………ごめん……なさい……」

「はい！　許します！」

この話はこれでおしまい、とばかりに、ジネットはパンッと明るく手を叩《たた》いた。

「え？　ほ、本当にこれでいいの？」

「？　もちろんですよ。だってあなたはちゃんと謝ってくれましたからね。これですべて水に流しましょう。あ、もちろん物は返してくれると嬉《うれ》しいのだけれど！」

どれも思い出がある品ですからね！　と言うと、意外にもアリエルは大人しくうなずいた。

「それよりさっきも言ったけれど、チューリップの球根は現物がないし、当分アリエルたちといえどあげられそうにないんです」

再度ジネットが説明すると、今度はどこかすっきりとしたような顔でアリエルは首を横に振った。

「大丈夫よ。お母様にはこの時期現物はないって言えばいいんでしょう？」

「はい！　あ、あと今はチューリップの転売もおすすめしません！　素人が手を出すにはややリスクが高いと思うんです……！」

「わかった。それも伝えるわ」

言ってアリエルがすくっと立ち上がる。ジネットもそれに続くと、扉のところまでアリエルを見送った。

それから彼女が立ち去る寸前、声をかける。

「アリエル」

「何」

「あなたが育てたチューリップ……綺麗な色をしていた？」

そう聞くと、アリエルは一瞬立ち止まったのち、ニカッと令嬢らしくない笑みを浮かべて言った。

「とっても綺麗なピンク色だったわ」

と。

◆

「大丈夫だったのかい？　ジネット」

アリエルが去った後、すぐさま心配そうな顔で戻って来たのはクラウスだ。

「嫌がらせはされなかったか？　どこか怪我《けが》は」

なんて言いながらジネットの手を取り、丹念に調べている。

「大丈夫ですよ！　アリエルはそんな乱暴な子じゃありませんから。それに……どうやらアリエルも以前とはずいぶん変わったようです」

別れ際に微笑んだアリエルの笑顔を思い出しながら、ジネットはふふっと笑う。

いつも強気だったアリエルは、しばらく会わないうちにずいぶんと角がとれ、丸くなっていた。

(それに、私が贈ったチューリップもきっと自分の手で育ててくれたのね。だって以前と比べて手が少し日に焼けていたんだもの。それに爪の間に、少しだけ土も挟まっていた)

チューリップの栽培は比較的容易で、庭師じゃない普通の人でも育てられる。

そこもまたチューリップの人気の秘密なのだが、アリエルの変化からして、もしかして自分の手で育ててくれたのかもしれない。

『とっても綺麗なピンク色だったわ』

そう声を掛けた時のアリエルは本当に嬉しそうで、そして屈託のない笑みを浮かべていたからだ。

(ふふふ、アリエルをあんな笑顔にするなんて、お花はすごいですね。今までどんな宝石をあげても、

あんな笑顔を引き出すことはできなかったのに）

「その様子だと、アリエル嬢には本当にいい変化が起こったようだね？　一体どんな魔法を使ったのやら」

思い出してニコニコしているジネットを見て、クラウスも何やら微笑んでいる。

とその時、ジネットはあることに気がついてハッとした。

「そうだ！　クラウス様。私、ひとつ気になることがあるんです！」

「気になること？」

「はい！　後ほどキュリアクリス様にも共有いたしますが――」

言いながら、ジネットはクラウスの耳に囁いた。その内容を聞いたクラウスが「なるほどね」と目を細める。

「君がそう決めたのなら、僕は何も言わないよ。なら皆にも伝えないと」

「はい！」

言ってふたりは、皆のいる店へと向かった。

◆

――ガチャン、とわざと音を立てるようにして、レイラは戦利品を机の上に置いた。居間でちくちくと刺繍をしていたアリエルが、「何？」と目だけで語り掛けてくる。

「ふふ……ご覧なさいアリエル。あなた言っていたでしょう？　もうジネットに頼るような生活はしたくないと。だから私、ちゃんと自分の手で手に入れてきてあげたわよ」

言いながらレイラは机の上に置いた袋を開けた。

そこから姿を覗かせたのは、金色に輝く金貨の小山。アリエルが目を丸くする。

「……自分の手って、お母様何をしたの？」

その声音から感じ取れるのは称賛ではなく、『また騙《だま》されているのでは？』という懸念の気持ちだ。

気づいたレイラがムッと顔をしかめる。

「私を見くびらないでちょうだい！　今回は騙されているわけじゃないわよ！」

言いながら、レイラは説明した。

今や人気すぎて、一攫千金《いっかくせんきん》のビジネスと化したチューリップ。レイラはそれを手に入れるため、密かに奔走していたのだ。

街に繰り出し、情報屋にお金を払い、そして酒場で〝競《せ》り〟が行われていることを突き止めた。

そこに持ち込まれるチューリップは生産量が少ないなどの事情から、ジネットたち商人とは契約していないものばかり。それでいて花の種類は実に多種多様で、運がよければ人気のパーロット系種や、有名画家の名前をもじったレンブラン種まで幅広く巡り合えるのだと言う。

「なあにそれ。よくわからないけれど危なくないの？　だってお母様の話が本当なら、球根はその場でもらえないんでしょう？」

怯《おび》えるアリエルに、レイラはまた「わかっていないわね」と笑う。

「別に危なくないわよ。球根は確かにもらえないけど、ジネットも言っていたでしょう？　この時期に球根はないって。だから代わりに、ちゃーんと手形を発行してもらっているもの。時期になったらこの手形を持って行けば球根と交換してくれるの。そうやってみんな、少しでもいい球根を早めに確保しようとしているのよ」

言いながらレイラはふふんと誇らしげに鼻を鳴らした。

この手形のために、レイラはわざわざ護衛をふたり雇い、自分自身も商人に扮《ふん》して危険な酒場に出向いて行ったのだ。

「そして手形を社交界のご婦人に売って得たお金がこれよ。百万あるわ」

ぽんぽん、と金貨の小山を叩いてみせると、そこで初めてアリエルの瞳に感嘆の光が宿った。

「お金に変えられたの⁉」

「それが今の社交界よ。あなたは知らないかもしれないけれど、みんな憑《と》りつかれたように珍しいチューリップを探しているんだから。どう？　私もなかなかやるでしょう？」

情報を元にオークションを見つけ、競り落とし、さらにそれを貴族のご婦人に売ってお金に変える。一連の流れをすべて自分ひとりの力でやり遂げたことで、レイラはかつてないぐらいの自信に満ちあふれていた。

さすがの娘アリエルも、そのすごさに気づいたらしい。

「それは本当にすごいわ！　まさかお母様にそんなことができるなんて……！」

「ふふ。本気になればこれくらい簡単よ。ジネットにできるんなら、私にだってできて当然だと思わなくて？」

「そんなことはないと思うけれど……私は数字が苦手だから……。それにお母様、以前商売をやっているお姉様のことを下品だとおっしゃっていなかった？」

ふたたび怪訝《けげん》な目でこちらを見てくるアリエルに、レイラはハァとため息をついた。

「しょうがないじゃない。下品でもなんでも、ジネットだけいい思いをしているのを指をくわえて見ていろと言うの？　だったらあの子の利益をかすめ取ってやった方がよっぽどスカッとするものでしょう！」

「スカッと……。ねえお母様、どうしてお姉様のことをそこまで嫌うの？」

自分と同じ色の青色の瞳に見つめられて、レイラは一瞬言葉に詰まった。

「……別に理由なんてないわよ。嫌いなものはとにかく嫌いなの」

（そう、別に理由なんてないわ。ただあの能天気で、なんでも自分で解決できるって思っている思い上がった瞳が嫌いなだけ）

前の夫が死んで婚家を追い出された時、レイラは危うく娼婦《しょうふ》に身を落とすところだった。

もし運よく酔いつぶれたルセル男爵を見つけていなければ、今頃はアリエルともども娼婦の道を辿《たど》っていたかもしれない。

それはレイラに限ったことではなく、若い貴族女性なら皆同じ道を辿る可能性はあった。

それぐらい、家に見放された貴族女性は弱いのだ。

だけどジネットは――。

考えて、レイラはギッと唇を噛《か》んだ。

(あの子だけ……ずるいのよ！　淑女からかけ離れた下品なことばかりしているのに、自分だけ男の庇護《ひご》がなくても生きていけるですって⁉　私たちがなんのために日々我慢して男を立ててきたと思っているの！　ひとりだけそこから逃れようだなんて……見ていてイライラするわ！)

——レイラのそれは、はたから見ると〝嫉妬〟や〝八つ当たり〟と呼ばれる類のものだった。けれどレイラはまだそのことには気づけない。

ぎゅううぅっと、親指の色が変わるほど強く手を握りしめてからレイラは颯爽《さっそう》と顔を上げた。

「ともかく、あなたも見ていなさいアリエル！　あの子ができるのだったら私だってできるわ！　これから希少なチューリップを社交界に売りつけまくって、ひと財産築いてやりますからね。あなたもいつまでも土いじりしていないで、さっさと結婚相手でも見つけてきたらどうなの！」

その言葉に、アリエルがぷいと顔を逸らす。

「別にいいじゃない。どうせもう少しでお父様が帰ってくるんだから、考えるのはそれからでも」

(まったくこの子は……！　まだクラウスのことなんか引きずって！)

口では悪評が恥ずかしいだのなんだの言っているが、実際のところアリエルはまだクラウスを諦めきれていないのだ。我ながら美しい子を生んだと思っているし引く手も数多《あまた》だったのに、本人が選びたがらないのならしょうがない。

(それよりも、男爵がそのうち帰ってくることの方が問題よ！　てっきり死んだものかと思っていたのに、まさか生きてるなんて……。戻って来た時に家やジネットのことを知られたら、今度こそ

離縁されるかもしれない）

男爵は大雑把で温厚な性格だが、娘ジネットのことは間違いなく大事にしているのだ。使用人がいなくなって屋敷が荒れ、さらに最愛の娘までいなくなったと知ったら……。

想像してレイラはぶるっと震えた。

（せめて家のことだけは元通りにしておかなくちゃ！　そのためにもお金が必要なのよ！　これっぽっちの金貨じゃ全然足りない！）

机の上に載せられた金貨をじっとにらみながら、レイラは頭の中で算段をつけた。

情報屋は抱き込んである。それに、気前のいいパトロンも見つけた。いざとなればルセル商会の名前だって出せるし、自分にだって使える手札は多いのだ。

「ねぇお母様。念のためお伝えしておくけれど、お姉様は危険だから転売はやめた方がいいとおっしゃっていたわよ？」

「転売じゃないわ！　私がやっているのは投資よ！　すぐに売るんじゃなくて、値段が上がるのを待っているのだってあるんだから！」

レイラはそう吠《ほ》えると、また次の競り情報を得に出かける準備を始めた。

（いける……私ならいけるわ……そうよレイラ、自分を信じなさい……ジネットができるんだもの。私だって前の暮らしを取り戻せるはずよ）

実際、レイラはうまくやっていた。

掘り出し物の球根手形を手に入れ、それを社交界の繋がりを使って貴族たちに売りさばく。得たお

著／蝸牛くも
イラスト／so-bin
ブレイド&バスタード 3
—金剛石の騎士の帰還—
隠れ才女は全然めげない
義母と義妹に家を追い出されたので
婚約破棄してもらおうと思ったら、
紳士だった婚約者が激しく
溺愛
してくるようになりました!?
2
著／宮之みやこ
イラスト／早瀬ジュン
DRE NOVELS
DRE《ドリ》ノベルス
2023年12月の新刊
毎月10日頃発売
DRECOM MEDIA
DRECOM
with entertainment

金でさらに手形を買う。どうしても予算がオーバーしそうな時は、パトロンに少し援助してもらい、後日返す。

それの繰り返しで、レイラはしばらくの間本当にうまくやっていたのだ。

——その日、突然の市場崩壊が訪れるまでは。

第四章　『その日』

ドカドカドカッ。

廊下から乱暴な足音が聞こえて来たと思った次の瞬間、朝食を取っていたクラウスとジネットのいる部屋に、焦った顔のキュリアクリスが飛び込んできた。

「ふたりとも聞いてくれ！」

「……君が勝手に入ってくるのはいつものことだけれど、その形相《ぎょうそう》はどうしたんだ？」

驚いた様子でクラウスが尋ねる。ジネットもあわてて口の中の食べ物を飲み込んだ。

「おはようございますキュリアクリス様！　一体どうされたのですか？」

キュリアクリスは走って来たのか、あるいは相当早足だったのか、肩で荒い息をしていた。それから息を整えるため、すぅっと吸い込んで言い放つ。

「――市場から、チューリップの買い手が消えた」

と。

その言葉を聞いた瞬間、すぐさまジネットとクラウスの表情が変わった。真剣そのものの表情でクラウスが問う。

「それは間違いないか」

「間違いない」

やっぱり、とジネットが呟《つぶや》く。

「では、これから価格の大暴落が始まるということですね？」

「恐らくそうだ。今市場で真っ青になった人々が手形を抱えて叫んでいる」

「教えてくれ。一体何が起きたんだ」

身を乗り出したクラウスが尋ねると、キュリアクリスが首を振りながら言った。

いわく、キュリアクリスはキュリアクリスで、ルセル商会とは別にチューリップ市場の監視をしていたらしい。チューリップは通常の市場や商人を介さない販売も多く、そのほとんどが酒場でオークション形式を使って売買されていたのだと言う。

その白熱ぶりは日に日に勢いを増していったのだが、今朝になって突然、事態が一変してしまったのだ。

「昨日、市場は一見するといつも通りに見えた。だが時間が経つにつれ少しずつ違和感を覚えるようになったんだ。それはそよ風が頰を撫でるような、ほんのわずかな違和感。やがてその違和感の正体が『転売以外で手形を買う人がいなくなったせい』だと判明した時には、市場は大パニックになっていたよ」

「しかしなぜ急に買い手が消えたんだ？　原因は？」

クラウスの質問に、ジネットも耳を澄ませた。けれどキュリアクリスは「はっきりしたことは何もわからないんだ」と首を振っただけだった。

「色んな噂《うわさ》が錯綜《さくそう》している。一番チューリップに熱狂していた貴族が破産しただの、顧客が全員病気に倒れただの、銀行がチューリップに融資しないと宣言しただの、話がありすぎてどれが真実なのかわからない。ただわかっていることはひとつだけ」

真剣な瞳でキュリアクリスがふたりを見る。

「チューリップ市場が崩壊したことは間違いない」

それから流れるしばしの間。

やがてクラウスがふーっと息を吐きながら、椅子の背もたれにもたれかかった。

「……危なかったね。ジネットの言う通り市場から手を引いていなかったら、今頃ルセル商会は借金まみれに……いや、下手すると潰れていたかもしれない」

同じようにふぅっと息をつき、ジネットも胸をなでおろす。

「ほ……本当に危なかったですね……！　ここ最近、どういう風に転がっていくのかじりじりした気持ちで見守っていましたが、まさか〝その日〟がこんなにも早くやってくるなんて……」

すんでのところで危機を乗り越えたことに、ジネットの胸はドキドキとしていた。

――あの日、ルセル商会のみんなを呼び出したジネットは、彼らひとりひとりの顔を見ながら、ゆっくりと言った。

「ルセル商会は、これ以上の値上げには応じないことを決めました」

その発表に、ざわざわっとその場からどよめきが上がる。そばでは事前に話を聞いていたクラウスと、同じく話を聞いていたキュリアクリスが静かに立っていた。

「この決断がどう転ぶかは、正直なところ私にもわかりません。これ以上の値上がりがずっと続くようであれば、私たちはチューリップ市場をすべて失うことになるでしょう。もしかしたらルセル商会は、大きな商機を逃してしまうことになるのかもしれません。それでも、私はこの決断を変える気はありません」

部屋に響くジネットの声は落ち着き、凛《りん》とした響きを持っていた。ルセル商会の仲間たちの視線が静かに、じっとジネットに注がれる。

「ジネットちゃんが決めたことなら反対しないが、なぜそうなったのかだけは教えてくれねぇか」

古いメンバーの言葉に皆も、そしてジネットもうなずく。

「私が決断したのはみっつ理由があります。ひとつめは皆があまりにも熱中しすぎていたことです」

ジネットは説明した。

チューリップが売れるよう、クラウスとともに仕掛けたのは他らぬジネット自身だ。

大成功してくれたことは嬉《うれ》しい反面、オーロンド絹布《けんぷ》の時と比べて、あまりにも規模が大きくなりすぎたことが気になっていた。

以前やってきたアリエルが『ばっかみたいよね、たかだか花の球根に五十万クランダーだなんて』と言っていたが、今はさらにその数倍、なんと三百万クランダーにまで値上がりしている。

(三百万クランダーと言えば、職人の一年分のお給料よ。いくらなんでも上がりすぎだわ)

オーロンド絹布の時も実は買い占めや転売はあったものの、ここまでではなかった。

（そして今回ここまで話が大きくなったのは……）

考えながらゆっくりと顔を上げる。

「ふたつめは、チューリップを〝儲《もう》け話〟として担ぐ人が出てきたからです」

資産価値自体は、チューリップにもオーロンド絹布にもある。

けれどずっと変わらず、あるいはそれほど変化のなかったオーロンド絹布と違って、チューリップは『価値が上がる』と言われ、投機目的の投資家が大量に押し寄せて来たのだ。

この時点で、チューリップには実際以上の価値がつき始めている、とジネットは感じていた。

「そして最後の理由は……私の義母が、その話を知っていたことです」

それはあの日、球根をもらいに来たアリエルが教えてくれたことだった。

義母が投機のために、球根を買っていると。

「義母……って言ったら、レイラ奥様ですかい？」

その声にギデオンも続いた。

「レイラ奥様は旦那様と違って生粋のご貴族でいらっしゃいますが、商売にはとんと疎《うと》かったはずでは……？」

「そうです。だからこそ危険だと思ったのです」

最近は商売らしきことをしているようではあるものの、元々義母には商売に関する知識もなければ、勉強もしたことはないはずだ。

そんな彼女ですら『チューリップは儲かる』と思い込んで手を出しているとなれば……チューリッ

プの市場価値が買い手を置いてけぼりにしたまま、売値だけ異常にふくれあがっているとジネットは考えたのだった。

「……なるほど。今盛り上がっているのは売り手だけ、ということか」

耳を傾けていたキュリアクリスがぽつりと言う。ジネットはうなずいた。

「はい。最初はきっと、売る方も買う方も熱狂の最中にいたと思うのですが……ふとした瞬間に、熱意が冷めたら？　あるいは誰かがきっかけとなって、目が覚めたらどうでしょう」

「確かにパブロ公爵なんかはその辺シビアだから、遠慮なく言い出しそうだね……」

チューリップの値上がりを、ある程度の価格まではパブロ公爵も許容していただろう。

だがチューリップの価格が家一軒と同額になった時、公爵なら『ただの花にそんな金額を？』と言い出しかねなかった。

そして社交界で影響力のある公爵がそんなことを言った日には、『はだかの王様』に気づいた人々のように、皆一斉に目が覚める……ということも十分考えられるのだ。

ジネットが説明すると、「なるほどなぁ……」「確かに」といった声が次々と上がった。

「いやあそれにしても危なかったよ……。ジネットちゃんが止めなかったら、危うくルセル商会が吹っ飛んでしまうところだった」

「そうですね……。同時にこれからチューリップ市場がどうなるのか、私は最初に売り始めた者の責任として、きちんと見届けようと思っています」

――その後も買い手の消失という大きな事件が起きた日から、球根の価格は暴落の一途を辿《たど》った。

暴落は価格が上昇した時よりもさらに早く、まさに崖から転がり落ちると言うべき速度で下がり続けて行く。

買い手が消失した二日目には三分の一に、そして三日目にはさらにその半分の価格に。

どこもかしこも手形を売りさばこうとする人であふれ、市場は混沌《こんとん》を極めていた。


そんな中、ジネットたちはギヴァルシュ伯爵家にいた。

疲れ切った顔のエドモンド商会長やゴーチエ商会長ら、付き合いのある商人たちと話をしていたのだ。

彼らは皆チューリップに多額の資金を投入し、ジネットの助言によって致命傷は避けられたものの、それでもかなりの損害を被ってしまったらしい。

「聞いたところ、一番被害が大きい人で五千万クランダーもの損害を出した人物がいるみたいだね……。バルテレミーとかいう商人だったかな？　不払いを理由に、裁判所に引っ立てられていたはずだよ」

「バルテレミーって、あの詐欺商人の方ですか？」

それは以前、レイラたちにガラスを宝石と偽って売りつけた詐欺商人の名だった。

「ああ。そのはずだ。まだこの国で活動していたことも驚きだが、さっさととんずらしていればよかったものを」

「本当、悪いことはできないものだねぇ。かと思えば逆に、貧しい一家が育てた野生産チューリップを売って大金を手にしたとも聞くし」

「ある意味、お天道様《てんとさま》は見ているのかもしれませんね……」

「良き者には恵みを」

「悪しき者には罰を、か……」

ある者はため息をつきながら、ある者はしんみりとしながら、商人たちがうなずき合う。

「すべてが水面に生じた泡のように、ぱちんと弾けて消えてしまいましたね……」

やがて彼らを見送った後、部屋に戻ったクラウスがしみじみと言った。

「それにしても、本当にジネットはいい判断をしたね。君のおかげでルセル商会はほぼ無傷。さすが僕のジネットだ」

そう言ってにこりと微笑んだ後、無言で立っているキュリアクリスに気づいて「あー」と続ける。

「その、キュリ？　今回の件は仕方がないと思う。熱狂の最中、自分が巻き込まれていることに気づく方が至難の業だと思うんだ」

だがそんなクラウスに、キュリアクリスは顔をしかめただけだった。

「よせ。気遣うな。余計みじめになる。煽られた方がまだマシだ」

それから彼は大きくため息をつく。

「今回の件で、自分の考え方がまだまだ甘いことをよく思い知らされたよ。やはり商売は難しいな……。だが私がこれくらいで落ち込むと思ったら大間違いだ。むしろ、ジネットのそばにいたおかげで大損をせずに失敗だけ経験できた。これは運がいいと思わないか？」

なんて不敵に言ってみせるキュリアクリスに、クラウスが声を上げて笑う。

「ははっ！　そう来たか。さすがキュリだね。立ち直りの早さは並じゃない」

「そうとも。私もこう見えて今はルセル商会の一員だからね。であれば会長の〝めげなさ〟はぜひとも真似しないと」

よくわからないが褒められたらしいことを察して、ジネットも力強くうなずく。

「前向きなのは大変よいことです！　落ち込んでいる時間がもったいないですからね！」

「それにしても盲点だったな。義母殿の話をそんな風に解釈するとは。寓話《ぐうわ》にできそうなくらいだ」

「それもこれも、アリエルのおかげですよ。投機のために球根を買いたいお義母様《かあさま》と、『たかが花なのに』と冷静に見ているアリエル。そのふたりの対比がなかったら、私も熱狂の渦に巻き込まれたまま帰ってこられなかったかもしれません」

そこまで言ってアリエルはふと思い出した。

「そういえば……お義母様の方は大丈夫だったのでしょうか？」

同じく思い出したクラウスが、うーんと腕を組む。

「彼女が使えるお金と言えば、この間ルセル商会の権利書を売ったお金ぐらいのはず……。最悪それを全部溶かしたとしても、それ以上の被害は出ないはずだ。彼女が借金でもしない限り」

〝借金でもしない限り〟

その言葉にジネットだけではない、言った本人であるクラウスもぞくりと悪寒を感じた。

「まさか、ね……」

「まさか、ですよね……？」

言いながらふたりは恐る恐る顔を見合わせたのだった。

◆

「あああもう‼　一体どうなっているのよ⁉」

部屋の中に響き渡る絶叫は母レイラのもの。

同時に手当たり次第ものを投げつけているせいで、ガチャン！　ガチャン！　という不穏な音とともに砕けた破片が辺りに飛び散る。

「お、お母様！　落ち着いて！　危ないわ！」

「お嬢様はこちらに！　いつ破片が飛んできてお怪我《けが》をするかわかりません。安全な場所にお隠れください！」

と必死に誘導してくれるのは家令のギルバート。ふたりは協力して、荒れ狂う母から逃げまどっていた。

「どうして！　どうして！　どうして‼　つい昨日まですごい値段がついていたのに、今はこれがただの紙切れだなんて！　情報屋に騙《だま》されたわ‼」

「騙されたも何も、奥様自身がお選びになった道じゃありませんか」

「そうよお母様。お姉様だって危ないってちゃんと忠告していたじゃない」

「うるさい‼」

ボスン！　とクッションが飛んできて、アリエルは「きゃっ」と叫んだ。中から飛び散った羽根がひらひらと辺りを舞う。

「お前は何も知らないからそんな悠長なことが言えるのよ！　この紙切れを手に入れるために、一体いくらパトロンにお金を貸してもらったと思う⁉　そのお金が返却できなくなったのよ‼」

「えっ……？　お母様、もしかして借金をしていらしたの……？」

その言葉に、みるみるうちにアリエルが青ざめた。

アリエルはてっきり、ルセル商会の権利書を売った時のお金を使っていたのかと思っていたのだが、どうやらそれだけではないらしい。隣では普段冷静なギルバートも青ざめている。それは演技ではなく、本物の驚きのように見えた。

「奥様……一体どなたにおいくら借金なさったのです⁉」

青ざめたギルバートが、ガッと母の肩を掴《つか》む。だが母はカッと目を見開いたかと思うと、ギルバートを叩《たた》き始めた。

「お前になど教えはしないわ！　どうせ出してくれないのでしょう⁉　なら出てお行き！」

「ですが！」

「私の命令が聞けないの⁉　だったら今すぐクビよ！　どうせこのままだと破滅。お前がいなくなろうが関係ないわ！」

「っ……！」

これにはさすがのギルバートもいったん引かざるをえなかった。

やがて彼がいなくなった部屋でアリエルがそっと近づくと、母は虚ろな目をしながら言った。

「お母様……教えて……？　一体いくら借金をしたの……？」

「……お金を借りたの、は――」

その口から出た金額と借り主の名に、アリエルの喉がヒュッと鳴った。

――母がお金を借りたのは、バラデュール侯爵。別名〝老いぼれた色欲侯爵〟。

パブロ公爵にも引けを取らぬほどの財産を持ちながら、六十を過ぎてもその色欲は治まらず、ついた異名がそれだった。

その上、今まで娶《めと》った妻や愛人はことごとく短命で終わり、好色だけではない、異常な何かがあるのではないかとまことしやかに囁《ささや》かれている。

「お、お母様……そんなところから借金をしてしまったの⁉　返済はどうやって……！　だって我が家を担保に入れようにも、お父様がいないから私たちにはできないのよ⁉」

アリエルがすがりついても、母は何も答えようとしない。

「ねえまさか……まさか借金のカタに、私を売り払うようなことはしないわよね……？」

「そんなことはしないわ！　お前は私の可愛い、たったひとりの娘だもの。でも、それじゃ借金が返せない。であれば、残された手段はひとつよ――」

（まさか）

硬直するアリエルの前で、母の美しい唇がニヤッとつり上がった。

「いるじゃない、ルセル家にはもうひとり、娘が――」

◆

チューリップの市場が崩壊してからも、ジネットたちは日々奔走していた。

チューリップを売りだした者の責任として、お金を貸すことで救済できる者には無利子で貸し、援助できるところには援助の手を差し出しているのだ。

そんな中、今日は領主の仕事で自宅にいたはずのクラウスが、息を切らせながら会長室に飛び込んできた。

「ジネット！　父君の行方がわかった！」

「お父様の⁉」

ガタッと立ち上がったジネットの手をクラウスが力強く摑む。その顔には喜びがあふれていた。

「足取りをたどるのにずいぶん時間がかかってしまったが、父君はどこで見つかったと思う？」

それからジネットの答えを待たずに、クラウスがふはっと噴き出す。

「なんとヴォルテール帝国の宮殿だ。まさかの皇帝に囲い込まれていたらしい」

「皇帝に囲い込まれていた⁉」

予想外の単語に、ジネットは目を白黒させた。

（囲い込みって単語は聞き間違えですか⁉）

確かに父は昔から人の懐に潜り込むのがうまく、今までも散々要人に気に入られてはきたが……まさか皇帝まで篭絡《ろうらく》してしまうなんて。

「やたら時間がかかっているからもしかしてとは思っていたけれど、さすがジネットの父君だね。皇帝が父君を気に入りすぎて返したくないと、散々ごねているらしいよ」

聞けば、『なんでも与えるからこの国に残ってくれ』やら、『家族全員宮殿に住まわせるからこの国に残ってくれ』やら、まるで傾国の美女のような扱いを受けているらしい。

だが父は間違いなく、五十代の立派なおじさんだ。お腹は見事にぽよんぽよんだし、頭頂部はだいぶ地肌が見えてきている。

「お父様は一体皇帝に何をしたのかしら⁉」

(まさかよからぬお薬を盛ったのでは……⁉)

失礼ながら、ついそんなことを想像してしまう。

「報告してくれた調査員いわく、皇帝は父君を『魂の双子』と呼んでいるらしいよ」

〝魂の双子〟

想像以上に重みのある単語に、ジネットはごくりと息を呑《の》んだ。クラウスがふふっと笑う。

「なんにせよ、帰ってきた父君に話を聞くのが楽しみだね」

「はいっ！」

(すごく長い間離れていた気がしますが、いよいよお父様が帰ってくるのね……！)

ずっと父の生存を信じて疑わなかったけれど、もう少しで本当に返ってくるのだと思うと、嬉しさに顔がゆるんでしまう。

父に報告したいことも、父に聞きたいこともたくさんあった。

同じく微笑んでいるクラウスが、喜びをにじませてジネットを見つめる。

「ジネット。父君が帰ってきたら、僕たちも結婚式を挙げようか」

そう言った菫色《すみれいろ》の瞳は、歓喜と興奮できらきらと光り輝いていた。

(つ、ついにその時が……！)

釣られて、ジネットの頬が赤くなる。

以前、ジネットが婚約破棄してもらおうとギヴァルシュ伯爵家に行った時、クラウスは父が戻ったら結婚しようと言っていた。

その時はまだ口約束だったものの、父の帰還を前に現実になろうとしているのだ。

「は、はいっ……！」

(考えていたら、急に恥ずかしくなってきました……！)

今までギヴァルシュ伯爵家に住みながらもどこかお客様気分が残っていたが、結婚式を挙げた後は、ジネットは名実ともにギヴァルシュ伯爵夫人になるのだ。

使用人たちからの呼び名は「ジネット様」から「奥様」に変わるし、今は別にしている寝室だって、当然クラウスとともにすることになる。

(し、寝室が一緒……！　それはそうよね、だってそれがギヴァルシュ伯爵夫人になるということだものね……!?)

考えれば考えるほど、恥ずかしさが増していく。

「大丈夫かい？　顔が真っ赤だよ」

心配して覗《のぞ》き込んでくるクラウスの顔すら、やたら輝いて見える気がした。

「い、いえっ！　あの！」

「……もしかして結婚式と聞いて照れているのかい？　可愛いね」

ふっとクラウスが微笑んだかと思うと、彼の細長い指がジネットの頬に伸びてきた。

「ひゃっ‼」

触れられた瞬間、びくんと大げさなほど反応してしまう。それも恥ずかしさに拍車をかけて、ジネットは顔を真っ赤にしてうつむいた。

「嬉しいな。君がそんな風に頬を赤らめてくれるようになったなんて……。ようやく僕の想いが伝わり始めたのかな」

「は、はい！　あの、もう寝巻きでうろうろしたりしません！」

ジネットが言うと、クラウスは「ははっ！」と声を上げて笑った。

「そうだね、それがいい」

それから彼がきらりと瞳を光らせる。

「でないと、次こそ僕は我慢ができなくなってしまうかもしれないからね。――こんな風に」

そう言った次の瞬間、ジネットはぐいと顎を持ち上げられていた。

すぐにふわりと甘い匂いがしたかと思うと、唇にやわらかいものが触れる。

――クラウスの唇だ。

「⁉」

驚きすぎて、声も出ない。

それは小鳥がついばむような軽い口づけで、唇はすぐに離れた。

かと思うと、クラウスのおでこがジネットのおでこにこつんとくっつけられる。

「……ごめん。我慢できなかった」

懺悔《ざんげ》するように言ったクラウスの声はどきりとするほど色っぽく、漏らされた吐息が耳にかかってぞくぞくした。

（い、今のはキス……ですよね……⁉）

理解すると同時に、ジネットの顔が真っ赤に染まる。そのまま言葉もなくふるふる震えていると、気づいたクラウスがくすりと笑う。

「……だめだよジネット。そんな可愛い顔をされたら、今すぐ僕の部屋に連れて帰りたくなってしまうから」

「く、く、く、クラウス様⁉　もしかしてお酒、入ってらっしゃいますか⁉」

思わず声が上擦ってしまう。そんなジネットを見て、またクラウスがくすくすと笑った。

「酔ってないよ。状況には少し、浮かれているかもしれないけれどね。……だって父君が無事に帰ってくる上に、ようやく君と結婚できるんだ。こんなに嬉しいことはない」

それは、彼が心の底から喜んでいるのがわかる弾んだ声だった。

（クラウス様……そんなに喜んでいてくださったのですね……）

そのことを改めて感じて、ジネットの心がきゅっとあたたかくなる。

（後にも先にも、私と一緒になってこんなに喜んでくれる人はクラウス様以外いない気がする……）

ジネットはぎゅっと手を握った。それから震える声で言う。

「あの、私も……！　その……夫となる方がクラウス様で、本当に嬉しい……です」

正直なところ、なぜクラウスが自分を選んでくれたのかいまだによく理解できていない。

けれどクラウスが自分に向けてくれる気持ちだけは間違いなく本物だと、ジネットは思うようになっていた。

言い切ったジネットがもじもじしていると、クラウスが面食らった様子で絶句していた。それから手で顔を覆い、天を仰ぐ。

「そ、んなことを言って……！　ジネット、君は僕を煽《あお》りたいのか……!?」

「えっ。煽る!?　ごめんなさい！　何か失礼なことを!?」

「違う、そうじゃない」

かと思うと、クラウスが乱暴とも言える勢いでおろおろするジネットをぎゅっと抱きしめた。

「クラウス様!?」

あわてるジネットを逃すまいとするように、彼の両腕に力が籠められる。

「……じっとしていて。こうでもしないと、本当に今すぐ君を押し倒してしまいそうになるから。しばらく僕が落ち着くまで、こうさせてくれ……」

「はっ、はいぃ!!」

切羽詰《せっぱつ》まった声に、服越しに感じる熱い体温。

何よりドクドクと聞こえるクラウスの心音がジネットの心音と混ざり合って、まるでひとつの生き物になってしまったかのようだった。

(恥ずかしい……のに、ちょっと、嬉しい……)

クラウスの腕の中は硬く、それでいて安心できる心地よさがある。

このまま身をゆだねてしまいたい、とジネットが目を閉じようとしたその時だった。

「仲睦《なかむつ》まじいところ悪いが、判子《はんこ》をくれないか」

不機嫌な声はキュリアクリスのものだ。

ジネットはあわてて離れようとしたが、クラウスの腕はがっちりとジネットに巻きついて離れない。彼がハァ、とため息をつく。

「キュリ……無粋という言葉を知っているかい？　空気を読んでほしいのだが」

「それは残念だったたな。だが今は仕事中だ。そうだろう商会長さん？」

仕事中、という単語をわざと強調するキュリアクリスに、ジネットもコクコクとうなずく。

「そ、そうですクラウス様！　お仕事を、しなければ！」

それを聞いたクラウスはようやくしぶしぶといった様子で手を放した。

「……そうだね、どのみちこれ以上は我慢の限界だし、仕事に戻ろうか……」

(あ、危なかった！　あのままでは私が正気を失うところでした！)

ジネットは仕事中にもかかわらず、ついクラウスに身をゆだねてしまいそうになったのだ。商人としてあるまじき痴態に、自分の頬をぺちぺち叩く。

「だが君とキュリアクリスをふたりきりにさせるわけには行かない。キュリの毒牙《どくが》が……」

心配するクラウスの声に、ある人物らが扉から顔を覗かせた。

「大丈夫ですよクラウス様。私がおります！」

「僭越《せんえつ》ながら、私も」

それはサラとギデオンのふたりだった。

「と言いますか、実はさっきから私たちふたり、ずっと扉の前にいたんですけれども」

「お嬢様とクラウス様のお邪魔をしてはいけないと思い、私が引き止めていました！」

グッ！　と親指を立て、鼻息荒く語るのはもちろんサラだ。

「えええ⁉　そうだったんですか⁉　じゃ、じゃあまさか、全部見て……⁉」

「大丈夫です！　気づいてすぐに扉を閉めたので、会話しか聞いていません！」

「か、会話……！」

それも十分恥ずかしい。

ジネットの顔がみるみるうちに、またにんじんのように赤くなる。

「大丈夫ですよ。ほんの少ししか聞こえておりませんから」

フォローになっているのかなっていないのか、そんな励ましを受けながら、ジネットはとぼとぼと仕事へと戻って行ったのだった。

やがてクラウスもギヴァルシュ伯爵家に戻り、仕事がひと段落ついた頃。

今度は何やら戸惑った様子のギデオンがジネットを呼びにやってきた。

「ジネットさん、あなたにお客さんが来ているようですが……」

「お客さん？　どなたですか？」

「それが、アリエルさんのようで……」

「アリエル？」

その名前にジネットが目を丸くする。

「どうしたのかしら……あっ、でもちょうどいいタイミングだわ」

父のことも報告したかったし、義母は大丈夫だったのかも気になっていたのだ。早速アリエルを迎え入れようと、ジネットはサラにお茶の用意を頼もうとした。

「サラ、お茶をお願いできるかしら？　それからギデオンさん、どうぞアリエルをこちらに――」

「それが……アリエルさんは外でお話ししたいと言っています。他の人に聞かれたくない話があるとかで」

「外で？」

ジネットはサラと顔を見合わせた。

（どうしたのかしら。他の人に聞かれたくないだなんて……やはりお義母様が何か……？）

「お嬢様、私もついていきますよ！」

すぐさま身を乗り出すサラを、ジネットはやんわり制する。

「大丈夫よ。アリエルは他の人に聞かれたくないらしいんだもの。私がひとりで行くわ」

「でも……急に怪しくありませんか⁉」

完全に不審者を警戒するサラの態度に、ジネットが笑う。

「アリエルだもの。さすがに殺されはしないと思うから大丈夫！」

「許容範囲が広すぎるんですよ‼　それ以外も警戒してください！」

結局、まだ納得いかなさそうなサラをなんとか説き伏せてジネットはひとり外に出た。

きょろきょろと見回すと、かなり離れた街角にアリエルが立っている。

「アリエル、どうしたの？」

ジネットが声をかけると、なぜかアリエルはビクッと肩を震わせた。その顔色は悪く、今にも気絶してしまいそうなほど青ざめている。

「お姉様……」

「アリエル、あなた大丈夫？　すごく顔色が悪いわ。まさか病気に⁉」

心配して詰め寄ると、アリエルはぶるぶると震えるようにして首を横に振る。

「だ、大丈夫」

（ちっとも大丈夫そうじゃないわ！）

なおもジネットが詰め寄ろうとした、その時だった。

蚊の鳴くような声でアリエルが、

「お姉様、ごめんなさい……」

と囁いたかと思うと、路地から現れた数人の男がジネットを羽交い絞めにしたのだ。

「⁉」

続けざまに口を押さえられ、暗がりにずるずると引きずられていく。アリエルはそんなジネットから目を逸らしながら、後ろをとぼとぼとついてくる。

（アリエル、どうしてこんなことを⁉）

けれど口を押さえられているせいで、言葉はくぐもった音にしかならない。

（アリエル！　教えて。アリエル――‼）

やがてジネットは留めてあったらしい馬車に無理矢理押し込まれると、手足をしばられ、目隠しをされ猿ぐつわを噛《か》まされた。気配からして、馬車の中にはジネットを攫《さら》った男たちとアリエルもいるようだ。

けれどアリエルはひと言も発することなく、振動とともに馬車はガタゴトと走り出したのだった。

◆

そのままどこをどう走ったのか。

急にガタンと音がして馬車が止まったかと思うと、ジネットは乱暴に引きずり出された。それから背中を小突かれるようにして地面に倒れこむと、手に触れたのは土ではなく木の床だった。

「⁉」

自由になった手で急いで目隠しをはずし、状況を確認する。

どうやらジネットが連れ込まれたのはどこかの廃屋《はいおく》らしい。あちこちに蜘蛛《くも》が巣を張った部屋の中は埃《ほこり》っぽく、家具は手を触れたら即座に崩れ落ちてしまいそうなほどボロボロだった。

猿ぐつわをはずしながらさらに辺りを見回したジネットは、部屋に立つ人物に気づいて目を丸くした。

「お義母様⁉」

「この間ぶりね、ジネット」

義母のレイラは腕を組み、勝ち誇ったようにジネットを見下ろしていた。その隣には目を伏せ、気まずそうにジネットから顔を背けているアリエルの姿もある。

(アリエルだけかと思ったら、お義母様もだったのね!)

考えながら、ジネットはぎゅっと腰のポーチを握った。

中にはいざと言う時用の防犯ボール『目が染《し》ミール』と『くしゃみ止まらなくナール』が入っているが、さすがにアリエルたちに向かってこれは投げられない。

「あのう……これは一体？」

義母のご褒美には慣れているジネットでも、今回の件は見当がつかなかった。そもそもジネットを攫う理由が全然思いつかない。

そんなジネットを見て、義母がフッと鼻で笑う。

「ジネット。あなたには今からこれに着替えてもらうわ」

言って義母がアリエルに目線を送ると、アリエルは小さくため息をついてから、用意されていたらしい服を広げた。

ボロボロの小屋の中で広げられたそれは、レースが縫い付けられた真っ白なドレスだ。

「もしかしてこれは……花嫁衣装ですか？」

廃屋には似つかわしくない清楚《せいそ》さに、ジネットはぱちぱちとまばたきした。

（なぜこんなものを……はっ！　まさか、私とクラウス様のひと足早い結婚祝い――）

「勘違いしないでちょうだいね。これは決してあなたとクラウスのためのものではなくてよ」

けれどジネットがそんな勘違いをする前に、何かを察したレイラが嫌そうな顔できっぱり言った。

ジネットがしょんぼりと眉尻を下げる。

「そうですか……」

「まあ、あなたに着てもらうために持ってきたという点では間違いではないけれど」

ツーと指でドレスを撫《な》でながら、義母は楽しそうに言う。

「わたくしね……とある方に大層な御恩《ごおん》ができてしまったの。だからその方にお返しするためには、あなたにも協力してもらわないといけなくて」

その言葉を聞いてジネットはピンときた。

「もしかしてお義母様……やっぱり先日のチューリップ騒動で借金を作ってしまわれたのですね⁉」

「そういうことははっきり口に出さないでくれるかしら⁉」

クワッと顔を険しくしたレイラが、ジネットのペースに巻き込まれているのに気づいて咳払《せきばら》いする。

「おほん……。そのお方はね、こうおっしゃっていたのよ。『借金を返す必要はない。その代わりお前の娘を花嫁としてよこせ』と。……それならジネット、あなたがぴったりでしょう？」

（なるほど。それでお義母様は私を連れて来たのですね）

ようやく話が見えてきて、ジネットはふむふむとうなずいた。

「ちなみにそのお方はどなたでしょう？　またどれほどのお金をお借りしたのですか？」

「あなたが嫁《とつ》ぐのはバラデュール侯爵よ」

（バラデュール侯爵。噂は聞いたことがあります）

ジネットの情報網によれば、六十過ぎのバラデュール侯爵はとにかく若い女性が好きだという話だった。一日中とも言えるほど長い時間ずっと寝室に籠もり、領地の管理などはすべて実の息子にまかせっきりなのだと言う。

遠くから侯爵を見たことがあるが、常に酒に酔っているような、どろりと濁った瞳が印象的な人物だ。一度挨拶《あいさつ》に行こうとしたところ、笑顔のクラウスにサッと止められた覚えがある。

「ちなみに金額は全然大したことないわよ」

そう言いながら義母が明かした金額は、熟年の職人がゆうに十年は暮らしていけるものだった。

（思った以上に豪快な金額でしたね！）

ただしそれくらいの金額であれば、実はジネットには今すぐにでも支払い可能だ。

――が。

(この件に関しては、私が代わりに払って解決というわけにもいきませんし……)

普段のご褒美であれば、「人脈開拓ですね！」と鼻歌を口ずさみながら飛んでいくところだが、今回の件はどう見てもただの借金。

ジネットが肩代わりしたところで、義母は味をしめてまた違うところで新しい借金を作ってくるだけだろう。

(だとすると……今回のご褒美は一体どういう風にお答えするのが正解かしら？)

うーんうーんと考えて、ジネットは「あっ」と顔を明るくした。

「ならばこれはどうでしょう？　今回は私が借金を肩代わりする代わりに、お義母様がルセル商会でその金額分働くとか」

「嫌よ」

被せ気味にバッサリと断られた。

またジネットがしゅんとする。

「わたくしがルセル商会で働く？　よくそんなつまらない冗談を思いつくわね」

「冗談ではないのですが……」

(チューリップ投機に手を出したということは、てっきりお義母様も商売に興味が出てきたのかと思ったのですが……)

ジネットが残念がっていると、それまでずっと黙っていたアリエルが控えめに義母の方を向いた。

「ねぇ……お母様……」

その顔には戸惑いと恐れの両方が混在している。そんな顔のアリエルは初めてだ。ジネットだけではなく、義母も不思議そうに彼女を見た。

「バラデュール侯爵って怖い人なのでしょう？　そんなところにお姉様を送るだなんて……あんまりだわ」

「まあ！　何を言い出すのアリエル⁉」

またもや義母とジネットの両方が驚きに目を剝《む》いた。

「何度も言ったでしょう！　あの男が欲しいのは若い女。ジネットを送り込まないと、あなたが嫁ぐことになるのよ⁉　そんなのは嫌でしょう！」

ものすごい剣幕の義母に、アリエルがひるみながらも反論する。

「そうだけど……でもそれを言ったらお姉様だって嫌じゃない！　今回のことだって、お姉様はちゃんとやめるように忠告していたのに」

「あなた……一体どっちの味方なの⁉」

「それはもちろんお母様よ！　でも今回のことはやっぱりやりすぎだと思うの！」

目の前で義母とアリエルが言い争う光景を、ジネットは信じられない気持ちで見ていた。

（アリエルが私をかばってくれている……？）

今までどんなに仲良くしようと手を差し伸べても、決して手を握ってこなかったアリエル。

クラウスのことが大好きで、好きすぎて、そのせいでずっとジネットを敵視していたアリエル。

そんなアリエルが今、実母であるレイラと喧嘩《けんか》しながら守ろうとしてくれている。

（この間から様子がおかしいと思っていたのだけれど、私が家を出てからアリエルに一体何があったの……⁉）

最近は全然社交界に出てこないという話しか聞いていなかったが、以前の彼女とは別人のようだ。

「そんなことを言って！　ジネットが花嫁にならなきゃ他に誰が花嫁になると言うの⁉」

「それは……‼」

どんどん加熱する言い争いに、ジネットは恐る恐る口を挟んだ。

「あのう、おふたりとも。なんだか収拾がつかなくなってきたので、とりあえず一度家に戻って相談しませんか？　暗くなってきましたし……」

「ハァ⁉　何を言ってるのよ！　あなたはこのまま侯爵の屋敷に向かうのよ！」

唾を飛ばして怒鳴るレイラにジネットが困ったように言う。

「そうは言いましても、現状だと既に二対一でお義母様の方が分が悪い気がいたします」

その指摘に、レイラがヒクッと頬を引きつらせる。

「な……あなたたちが結託したからと言ってなんなの⁉　外にいるごろつきに頼んで、あなたの服を無理矢理着替えさせることだってできるのよ！」

レイラはあくまでも強行する気らしい。ジネットは防犯ボールにそっと手を伸ばしながら困ったように眉を下げた。

「それに……私の予想が正しければ、そろそろクラウス様がいらっしゃる頃合いだと思います」

――そう言った直後だった。

まるでタイミングを見計らったかのように外が騒がしくなったかと思うと、ボゴッ！　とかドスンッ！　とか、何やら物騒な音とともに廃屋のドアが吹っ飛んだのだ。

「ジネット‼」

舞い上がる砂埃《すなぼこり》とともに現れたのは、必死の形相のクラウス。

彼は髪を振り乱しながら血走った目ですばやく室内を見回し、ジネットを見つけた瞬間パッ！と顔を輝かせた。

かと思うと、次の瞬間にはジネットを強く強く抱きしめていた。

「ああ、君が無事で本当によかった……！　攫われたと聞いた時は心臓が止まるかと！」

「す、すみません！　本当は心配をかける前に穏便に帰りたかったのですが……！」

ぎゅうぎゅうに抱きしめられて身動きが取れないままジネットは言った。そんなクラウスに続いて、「お嬢様！」と叫ぶサラの声も聞こえる。

――実はジネットは、最初から何かあった時、クラウスが来てくれることをわかった上でアリエルに会いに行っていたのだ。

というのも以前、ジネットとサラがルセル家を出て宿屋を回っていた件でクラウスは相当肝を冷やしたらしい。そのためあの時、彼はこんなことを言い出していたのだ。

『ジネット。君のそばに三六五日二四時間護衛をつけよう』

と。

けれど「さすがにそれは恥ずかしいです！」と交渉した結果、クラウスと離れている時だけ、少し離れたところから護衛が見守る……という形に落ち着いたのだった。

だから今回もジネットが攫われた瞬間、クラウスの元に伝書鳩《でんしょばと》が飛んでいたはずだ。――護衛は常に手乗りの鳩《はと》を連れていると言っていたから。

「ああ、頬が汚れてしまっているね。こんな埃っぽいところに連れてこられて……他に怪我はないかい？　痛いところは？　足を捻ったりしていない？」

クラウスはまるで義母たちなどいないかのようにジネットだけを見つめ、心配そうにあちこちを調べようとする。

「だだ、大丈夫です！　私は元気です！　だからあの、そんなところをまじまじと見られると大変恥ずかしいのですが……！」

些細《ささい》な傷でも見逃すまいとするかのように、クラウスは真剣そのものの目でジネットの手をにらんでいた。

「……少しだが、手の横に擦り傷がある……！」

かと思うと、ゴッと音が聞こえそうな勢いでレイラたちの方を向く。

ジネットを見ていた時とは打って変わって、その瞳には人を射殺さんばかりの鋭く冷たい光が宿っていた。

「……さて。レイラ夫人。いや、レイラ」

ゆっくりと義母の名を呼ぶクラウスの声は、その場にいる者全員を凍らせる絶対零度の響きを持っていた。瞳に宿る光は空の王者である鷲《わし》よりなお鋭く、漏れ出る吐息は冬将軍のそれよりなお冷たい。

名前を呼ばれたレイラがビクッと震えた。自分のやったことがクラウスの逆鱗《げきりん》に触れたとようやく気づいたのだ。

コツ、コツ、と足音を立てながら、クラウスがゆっくりとレイラに近づいていく。

「僕は今まで散々我慢してきました。被害者であるジネットがあなたを許しているのなら、僕が怒る筋合いはないと」

その声は落ち着いていたが、同時に隠し切れない静かな怒りもにじんでいた。

ピリピリと、クラウスから漏れ出る怒りがそばにいる者たちの肌を焼く。それはジネットすら、恐怖で思わず隣のサラと抱き合ってしまったほどだった。

「ですが今回、あなたは完全に越えてはいけない一線を越えてしまった」

そう言った瞬間、クラウスはギロリと、今まで見たことがないほど険しい目でレイラをにらんだ。

冥界の王ですら、これほど恐ろしくはないだろう。レイラが顔を真っ青にして震え上がる。

「な、な、なんのこと……わたくしはただジネットに用があって」

「言い訳は無用」

冷たく言い放たれたひと言は、氷の槍《やり》のよう。

「残念ながら既に調べはついている。あなたはバラデュール侯爵に多額の借金をし、そのかたにジネットを売る気だったと。違いますか？」

（クラウス様、既にその情報を掴んでいらっしゃったのですね！）

チューリップ市場が崩壊した際、ジネットはクラウスにこぼしたことがある。チューリップの投機に手を出していた義母が気がかりだと。

彼はその時相槌《あいづち》を打ってくれていたのだが、実は裏できっちりと調べ上げていたらしい。

「ですが残念ながら、バラデュール侯爵にはもう連絡済みですよ。『ジネットはこの件には関係ない。万が一手を出したらただではおきませんよ』と」

（もうバラデュール侯爵にも直接お話を⁉　し、仕事が速い。さすがクラウス様……！）

ジネットよりひと足もふた足も速く、クラウスは既に手を打ってくれていたのだ。その手際の良さに感心していると、彼はさらに続けた。

「本当ならあなたを、今すぐ二度と太陽の下を歩けないようにしてさしあげたいところだが……」

恐ろしい単語にその場にいた女性たちが震え上がる。ジネットとサラは互いに強く抱き合った。

（ひ、ひぇぇ⁉　二度と太陽の下を歩けないって、一体何をするおつもりですか⁉）

そばでは、恐ろしさのあまり無表情になったアリエルもカタカタと震えている。

「僕はまだ、犯罪者にはなりたくないのでね。——だが、これだけは言っておく」

ずいと一歩踏み出したクラウスは、紫色の瞳を燃え上がらせながら言った。

「……二度とジネットに近寄るな。それから、僕からの贈り物も楽しみにしていてください」

「ひぃっ……‼」

ぺたりと、レイラがその場に崩れ落ちた。――腰が抜けたのだ。

クラウスはそばにいるアリエルをちらりと見て、すぐに何事もなかったかのように視線をはずす。

それからジネットに向き直ると、いつもの優しい笑みを浮かべた。

「すまない。怖がらせてしまったね。さぁ、僕たちももう戻ろう。君に何もなくて本当によかった」

「お嬢様大丈夫ですか！　私の手に掴まっててくださいね！」

クラウスとサラのふたりに守られるようにして、ジネットは廃屋を後にした。

出る直前にちらりと振り返ると、義母は茫然自失《ぼうぜんじしつ》となってその場にへたりこんでいた。そばではアリエルが静かにうつむいている。

（私はクラウス様が助けてくださいましたが……ではアリエルは？　お母様たちはこの後どうするつもりなのでしょう？　だってこのままじゃ、アリエルが身売りをする以外道は……）

〝身売り〟

思い浮かべたその単語に、ジネットは一瞬目の前が真っ赤になった気がした。

かつてクラウスがそう揶揄《やゆ》されて、ジネットがどれほど悔しかったのかを思い出したのだ。

黙っていられなくて、ジネットは思わず叫んでいた。

「アリエル！　あの、あなたが犠牲になることはないわ！　私と一緒に方法を考えましょう⁉」

その声にアリエルは驚いたようにジネットを見た。

かと思うと、彼女がふっ……と笑う。

それは寂しさと嬉しさがないまぜになった、儚《はかな》い笑み。

「……ありがとうお姉様。でも大丈夫。私も、けじめをつける時が来たのよ」

そう言ったアリエルはどきりとするほど美しくて、そして悲しかった。

(アリエルは……身売りする覚悟を決めている……?)

ジネットは焦った。

「ダメよ！　お義母様の借金はお義母様が返すべきです！　あなたが犠牲になることはないわ！

そうだ、私、あなたにならお金を貸すから、そのお金で――！」

けれどそう言っても、アリエルは首を振るばかり。

ジネットがさらに口を開きかけたところで、クラウスがジネットを止めるようにやんわりと肩を抱いた。

「ジネット。今はいったん戻るんだ。そして何か方法がないかふたりで探そう」

その言葉に、ジネットはもう一度アリエルたちを見た。

義母は呆然《ぼうぜん》としていてきっと会話にならないだろうし、アリエルも既に諦めきっていて、こちらも建設的な話はできない気がする。

「……わかりました。一度戻りましょう」

外ではレイラに雇われた暴漢たちが、ジネットの護衛たちに縛り上げられて連れて行かれるところだった。それを横目に見ながらジネットは馬車に乗り込む。

ガタゴトと動き始めた馬車の中で、不満を顔ににじませたサラが憤った。

「それにしてもクラウス様。アリエル様はともかく、レイラ様まであれくらいですませちゃってよかったのですか⁉　あの女を娼館《しょうかん》に売ってお金を工面すれば全部解決じゃないですか！　全部自業自得なんですから！」

「サラ⁉」

とんでもないことを言い出したサラを、ジネットはぎょっとした目で見た。忘れていたが、サラはこう見えて色々と過激派なのだ。

鼻息荒く憤るサラに、クラウスがゆっくりとうなずく。

「もちろん、あれくらいで済ませる気はないよ。ただ、彼女には僕がお仕置きするより、もっと適任者がいるからね」

「適任者……ですか？」

その人物が思い浮かばなくて、ジネットはサラとふたりそろって首をかしげた。

◆

――その夜のルセル家は、まるで通夜のように暗く静まり返っていた。

帰って来たレイラもアリエルも、どちらもひと言も発さない。

部屋の中に立ち込める空気は重く、何も知らないギルバートが心配して何度も様子を見に来るほどだった。

「……どうするつもりなのよ」

額を押さえたレイラが険しい顔で言う。

「クラウスが来る前にさっさとジネットを馬車に載せていれば間に合ったかもしれないのに、あなたが止めるから……！」

「お母様、さっきの話聞いていなかったの？　クラウス様はとっくにバラデュール侯爵に連絡していたのよ。お姉様を送り込んだところで、門前払いされるだけだわ」

「じゃあどうすればいいのよ‼　わたくしにはそんなお金はないのよ⁉　それとも、あなたがジネットの代わりに行ってくれるとでも言うの⁉」

母の口から飛び出した言葉に、アリエルはハッとした。

それは母も同じだったようだ。

「……そうよ。ねえアリエル、あなたがジネットの代わりに行ってくれない⁉　ルセル男爵はいまだに戻ってこないし、帰ってきたところで今さら借金しただなんて言えないんだもの……！　だからお願い、お母様を助けると思って！　ねっ？　侯爵家なら爵位だってクラウスより上じゃない！」

確かに、爵位だけ見るならギヴァルシュ伯爵家よりバラデュール侯爵家の方が格が高い。

……ただしそれは、嫁ぎ先がまともな人物であればの話だ。

今のバラデュール侯爵家に嫁いで、果たしてアリエルはどんなひどい目に遭うのか。

(でもきっと、お母様もわかった上で言っているのね……)

アリエルは目を伏せた。それから小さく息を吐く。

「……わかったわ。私がバラデュール侯爵家に嫁ぎます」

「アリエル、ありがとう！　本当にいい子ね！」

母は目を潤ませながら、ガバッとアリエルに抱き付いた。それを諦めの表情で受け入れながら、アリエルはゆっくりと目をつぶる。

（最初からこうなる気はしていたわ。今までお母様と一緒になってお姉様をいじめていたから……その報いを受ける時が来たのよ……）


――その後アリエルがバラデュール侯爵に嫁ぐと決まってから、話はとんとん拍子に進んだ。

せめてもの罪滅ぼしのつもりなのか、母レイラはギルバートに頼み込んで、アリエルのための美しい花嫁衣装を用意してくれた。

と言ってもそれを見たところでアリエルが喜ぶはずもなく。

光の宿らない瞳で、

「お母様、ありがとう」

と言うので精一杯だった。

（なんだか……全然結婚する実感がないわ）

幼い頃に夢見ていた結婚は、かつて母が語ってくれた結婚式のように、花と光に彩られてきらきら輝くものだと思っていた。

けれど実際は、アリエルは自分の夫となる相手の顔を知らない。年齢は親と子ほどにも離れ、何より〝色欲〟と呼ばれるような相手なのだ。光り輝く未来などこれっぽっちも想像できない。

灰色の毎日ならまだいい方。

嫁いだが最後。アリエルは弄《もてあそ》ばれて、下手すれば命を失うことだってあるかもしれない。

(でも、しょうがない)

少しだけ、ほんの少しだけ、アリエルは期待した。返済期限までに義父のルセル男爵が帰ってこないかと。

だがそんな都合のいい願いは叶《かな》うことなく、ついにアリエルは出立の日を迎えたのだった。


その日ルセル家の門には、見送りにきたジネットやクラウスの姿もあった。

母は明らかにそれを忌々《いまいま》しく思っているようだったが、あの日本気で怒ったクラウスがよっぽど恐ろしかったのだろう。口を引き結んで何も言わず、存在を無視することにしたらしい。

実際、あの時のクラウスの形相は、アリエルですら思い出してもまだ体が震えるほど。直接怒りをぶつけられた母は目も合わせたくないに違いない。

「アリエル……本当にいいの？　今ならまだ間に合うわ。私がお金を建て替えることだって」

目の前ではまだ、ジネットが心配そうな顔でアリエルの両手を握っていた。

「ううん、いいの。建て替えてもらったところでそんなお金、返せる気がしないもの」

それはアリエルも何度も考え、そして導き出した結論だった。

なんだかんだジネットは優しいから、アリエルが生涯をかけて返せなくても文句は言われないという気がした。けれどそれでは意味がないのだ。

（借りはきちんと返さないと。たとえそれが、お母様が作ったものであっても）

一方母のレイラは、まだジネットに対して不満そうだった。

その顔には、『そんなにお金があるのなら、貸すんじゃなくてわたくしたちにわけてくれればいいのに！』と書いてあるのが丸わかりだ。

けれどやはり言葉に出す勇気はないらしい。

それも当然だ。なぜならクラウスはにこやかな笑顔を浮かべてジネットの横に立っているが、先ほどちらりと母レイラを見た瞳はまったく笑っていなかった。恐らく母が何かひと言でも言えば、彼は〝容赦なく〟来るだろうという気がした。

「アリエル……。何か困ったことがあったら手紙を書いて！　いつでも待っているから！」

大げさなほど涙ぐむジネットに、アリエルがふっと笑う。

こうして笑うのは久々だった。

「お姉様って本当に最後までお人好しね。私、あんなにお姉様のこといじめたのに」

「あんなのいじめのうちに入らないわ！　私にとってはご褒美だったもの！」

「ご褒美？　意味がわからないわ。気持ち悪い」

ズバッと切り捨てるとジネットがウッとうめく。それを見ながらアリエルはくすくすと笑った。

（もしかしたら、これがお姉様たちと会う最後の機会なのかもしれない）

そう思うと、不思議と口からスラスラ言葉が出た。

「お姉様もクラウス様と幸せになってね。……言っておくけど、認めたわけじゃないわよ。ただ私はもう侯爵夫人になるし？　少しは余裕のあるところ見せておこうと思っているだけというか？」

「アリエル……」

目を潤ませて、ジネットがうつむく。

「……私ね。この前アリエルがかばってくれたの、すごく嬉しかったわ。本当はあなたが来た日からずっと仲良くしたいと思っていたんだもの」

そう言ったジネットの顔に、アリエルは一瞬、かつて幼い日のジネットを見た気がした。

母に連れられて初めてルセル男爵家に向かった日、満面の笑みで飛び出てきたジネットの笑顔は希望と期待できらきらと輝いていた。

一瞬、仲良くなれそう……とアリエルは思ったのだが、母を見上げた瞬間ヒュッと息を呑んだ。

ルセル男爵の実子であるジネットを見つめる母の瞳には、紛れもない憎悪が浮かんでいたのだ。

そんな怖い顔の母を見るのは初めてで、続けざまにこう囁かれて、アリエルはこくこくとうなずくことしかできなかった。

『いい？　何があってもあの子に負けちゃダメよ。あなたの方がずっと美しいのだから』

それからアリエルはずっとこう思ってきた。

（お母様が言っている。この子は私の敵……！）

と。

けれど今になって思えば――あの時母と一緒になって、アリエルまでジネットを敵視する理由はどこにもなかったのだ。

（私がもう少し強かったら……もしかして、お姉様と本当の姉妹になれていたのかしら）

幼いジネットとアリエルが、手を繋《つな》いで笑い合う日々。

それは今となってはもう二度とやってこない毎日だ。それでもアリエルは、そんな日を少しだけ想像せずにはいられなかった。

「……お姉様、ごめんなさい。私……」

（今さら、なんて言ったらいいのか。何を言っても都合のいい言い訳にしか聞こえないわ……）

何か言いたかったが、言葉がつかえてうまく出てこない。

そんなアリエルの手を、ジネットのあたたかい手がぎゅっと握りしめた。

「アリエル。私ね、今からでも遅くないと思っているの。だから手紙を書いて！　いっぱいいっぱい、毎日でも書いて！　私も書くから！」

ジネットは一見するといつも通り能天気な、底抜けに明るい笑顔に見えた。けれど緑がかった灰色の瞳は、優しい光を宿してアリエルを見つめている。

大丈夫。言わなくてもわかっているわ、と。

「……毎日って、そんなにたくさん手紙が来たら気持ち悪いわ」

「ああっ！　そ、そうよね！　ごめんなさい！　じゃあ二日に一回……ううん、三日に一回でどうかしら⁉」

必死なジネットに、アリエルがぼそりと言う。

「一週間に一回よ、お姉様。それくらいなら……私も書いてあげる」

「本当⁉」

パッと顔を輝かせるジネットから、アリエルは逃げるようにして視線をはずした。

「で、でもやっぱりめんどくさくなるかも。あんまり期待しないで」

「いいの！　私、ずっとずっと待っているから！　それにもしかしたら、やっぱり毎日書きたくなることだってあるかもしれないじゃない⁉」

「ならないわよ」

言ってまたアリエルは笑った。

(本当に、お姉様ったら全然めげないのね)

そこへ、馬車の御者から控えめに声がかかる。

「そろそろ出発しないと、向こうに着く頃には真っ暗になってしまいますよ」

「……わかりました。行きます」

ついにこの時が来たのだ。

アリエルはジネットから手を放すと、自ら馬車に乗り込んでいった。

「アリエル……」

そこにやってきたのは母レイラだ。

母はなぜか泣きそうな、困ったような表情をしていた。もしかしたら今になって、罪悪感を抱いているのかもしれない。

けれどそれももう、アリエルにとってはどうでもいいこと。

母がどんなに罪悪感を抱こうとも、アリエルが売られた事実が変わることはないのだから。

「お母様、お姉様、行ってきます」

それだけ言うとアリエルは馬車の扉を閉め、御者に向かって「出して」と声をかけた。

ゆっくり馬車が動き始めると、外から「アリエル！」という母の叫び声が聞こえた。

けれどアリエルはそれには答えず、ただひとり、静かに前を向いていた。

◆

アリエルを乗せた馬車が少しずつ遠ざかっていくのを、ジネットはクラウスとともにじっと見つめていた。

目の前では、義母レイラが放心したようにぺたりと地面に座り込んでいる。彼女は泣くわけでもなく、またこれで借金がなくなって安堵《あんど》した様子でもなく、ただただ馬車を見つめていた。

「アリエルが行ってしまいました……」

ぽつりと呟くと、静かに肩を抱かれた。クラウスだ。

ジネットはクラウスを見上げると心配そうに問いかけた。

「アリエルを本当にバラデュール侯爵に……いえ、〝新バラデュール侯爵〟に嫁がせてもよかったのでしょうか？」

〝新バラデュール侯爵〟

その単語にクラウスがゆっくりうなずく。

「ああ。前バラデュール侯爵ならともかく、息子の新バラデュール侯爵は人間としてはまともだよ。……ただし筋金入りの女嫌いだから、うまくいくかどうかは賭けだが……」

――実はレイラがジネットを攫おうとしていた少し前。

色欲侯爵と噂のバラデュール侯爵が、自宅の寝室で心臓発作を起こしていたのだ。

後を継いだのは息子である新バラデュール侯爵。

元々侯爵家の仕事は何年も前から息子が担っており、父親である前バラデュール侯爵は名だけの侯爵だった。

さらに新バラデュール侯爵は父とは逆に根っからの女嫌いであったため、『私が侯爵になったと知られたら、さらに寄ってくる女が増えて面倒だ』と言って、父親の死を大々的に公表しなかったのだ。

だからアリエルの夫となる人物は色欲のバラデュール侯爵ではなく、その息子となる。

義母とアリエルは、今日の様子を見るに恐らくまだその事実を知らない。クラウスが「新侯爵も相当な変人だから、アリエル嬢をぬか喜びさせない方がいい」と言ったためジネットたちは黙っていたのだ。

「ところで……新バラデュール侯爵様は筋金入りの女嫌いなのに、借金の代わりに花嫁をもらう形でもよかったのですか？」

ジネットは素直な疑問を口にした。

クラウスから話を聞く限り、新侯爵は「何が何でも金を返せ。できないのなら臓器を売ってこい」と言い出してもおかしくなさそうな人物なのに。

「それがね……」

何やら呆《あき》れた顔で、クラウスが苦笑いする。

「侯爵ともなると、財産目当ての女性にまとわりつかれるだろう？　だから名前だけの、いわば女避《よ》けに使える妻が欲しかったらしいんだ。その点『借金のカタに売られたアリエルなら自分に逆らえない』し、何よりアリエル嬢の悪評を聞いて、『そんな悪女なら放置して白い結婚をしても心が痛まない』そうだよ……」

「それはなんと言いますか……だいぶ難のある人物ですね……⁉」

ジネットがうぐぐとうなる。

老いぼれた色欲侯爵に嫁ぐより何倍もいいとは言え、いわゆる一般的な『幸せな結婚』からはだいぶ離れているように思える。

「癖のある人物なのは否定しない。ただそれ以外では酒も飲まなければ賭博もしない、真面目な人物だよ。……アリエル嬢が気に入るかどうかは別だけれど」

ジネットはうなずいた。

どのみち貴族同士の結婚で、パブロ公爵とクリスティーヌ夫人のように愛のある結婚の方が珍しいのだ。年齢も少し離れているとは言え釣り合いがとれているし、人物的に真面目というのなら、条件としてはいい方とさえ言えた。

「それに……アリエル嬢はレイラと距離を取った方がいい」

まだへたりこんでその場から動かない義母を見ながら、クラウスが目を細める。

「レイラはアリエル嬢にとっては毒だ。君の誘拐に加担させようとするなんて、実母の行いとは思えない」

それはジネットもずっと気になっていたことだった。

自分は義母に口出しする権利はないとは言え、ジネットの父だったら決して同じことをジネットに求めてこないだろうし、強要もしてこないだろう。そもそも誘拐なんて企まない。

「ある意味では、ちょうどいいタイミングだったのかもしれない。アリエル嬢がレイラから離れ、巣立ちをするのに」

「そう、ですね……。あとは願わくば、アリエルにとってよき結婚相手となることを祈るばかりです……」

馬車が走って行った方向を見ながら、ジネットはそっと祈ったのだった。

◆

それから数日後。

ジネットはルセル商会で、チューリップ関係の後始末に追われていた。

突如市場が崩壊したせいで現場はまだまだ混乱を極めている真っ最中で、ジネットの仕事も山のようにある。

中でも、一度は値上がりにより取引をやめたチューリップ農家が、高値で契約した商会が破産してしまい一銭のお金も入ってこなくなったということで、ふたたびルセル商会を頼ってきていたのだ。

一度他に流れた分、以前よりも安く入荷できるため、いつものジネットならうきうきでその処理に取り掛かっているところなのだが……。

「……はぁ」

どうにもペンを持つ手がたびたび止まり、作業が捗《はかど》っていなかった。

目の前で資料をまとめていたキュリアクリスが不思議そうな顔でこちらを見る。

「……珍しいな。君がため息だなんて。一体何がそんなに気になるんだ？　ふっかけようとしてくる奴でもいたのか？」

「いえ、そんな大したことじゃないんです」

あわててジネットは否定した。

なぜならジネットが気になっているのはチューリップでもチューリップの農家でもなく……アリエルのことだったからだ。

（まだアリエルが嫁いでから一週間も経っていないから、手紙が来るはずないってわかっているのだけれど……）

それでもついつい、手紙が来ていないか聞いてしまう。

クラウスと相談してこのまま見守ることにしたものの、それでもジネットはこの選択が正解だったのか、ずっと考えていた。

（お義母様から距離をとった方がいいという意見には私も賛成ですが、アリエルを任せる方は本当にあの方でよかったのかしら。もっと他にいい人がいたのでは……）

新侯爵は借金にかこつけて、どう考えてもアリエルを都合よく扱う気満々だった。

ジネット自身が新侯爵を直接知っているわけではないため、話を聞けば聞くほど人柄に不安を覚えてしまう。

（ああ……！　早くアリエルから手紙が届かないかしら。それともやっぱり私から書いてしまう？　でもそしたら絶対『お姉様気持ち悪いわ！』と言われてしまうわよね……⁉）

「……ぃ、おい、ジネット」

（いえ、でも最近のアリエルは少し優しくなったから、ああ見えて照れているだけで案外喜んでくれる可能性も……！）

「ジネット！」

「ひゃい⁉」

突然すぐ近くで名前を呼ばれて、ジネットは驚いて顔を上げた。そして超至近距離にキュリアクリスの顔があることに気づき、もう一度驚く。

気づけばいつの間にか、キュリアクリスがまたジネットの肩に腕を回していたのだ。

「ちちち近い！　キュリアクリス様、近いです！」

あわてて押し除けようとするが、キャリアクリスは肩に腕を回したまま、ビクともしない。それどころか不敵にもさらに抱き寄せようとしてくる。

「私の前で油断する方が悪い。これでも何回も名前を呼んだのだが？」

「すみません考え事をしていました！」

なんとか逃れようと押す手に力を込めるが、その手ごとキュリアクリスに握りこまれてしまう。

「ダメだ。こんな機会、私が逃すわけないだろう？　君は忘れているようだが、私はまだ微塵《みじん》も君を諦めたわけじゃないんだ」

そう囁く彼の瞳は、いつになくギラギラしていた。黒い瞳は細められ、まるで獰猛《どうもう》な肉食獣が捕まえた獲物をいたぶる時のように輝いている。

（ま、まずい……！　目が本気です！）

「恨むなら、こんな無防備な君と私をふたりきりにしたクラウスを恨むんだな」

「そんな無茶な⁉」

と、ジネットが叫んだ次の瞬間だった。

「残念。僕はいるよ」

そんなクラウスの声がしたかと思うと、キュリアクリスが「いたたた！」と叫びながらジネットを解放したのだ。

一体何が起きたのかと思って見てみれば、クラウスが笑顔を浮かべたまま、キュリアクリスの耳を全力で引っ張っていた。

「やれやれ……。本当に油断も隙もあったものじゃないな？」

クラウスがため息をつきながら言ったが、その手はキュリアクリスの耳を掴んだまま。

「いたたた！　放せ！　耳はやめろ耳は！」

「こうでもしないと君は彼女を放さないだろうからね。やむなしだ」

さらりと言い放ちながら、キュリアクリスを十分ジネットから引き離した上でクラウスはようやく手を放した。かと思うと、真剣な顔でジネットを見る。

「それよりジネット、今すぐ家に帰ろう」

「今すぐ、ですか？」

それはクラウスにしては珍しい提案だった。

彼はずっとジネットのそばにいることが多いが、遠くから眺めてニコニコしたり、ジネットの休憩に合わせて彼も休憩をとったりすることはあっても、仕事の邪魔になるようなことはしてこない。

（ということはつまり、きっと重要なことなんだわ！）

「わかりました！」

ジネットはすぐに立ち上がると、クラウスに手を引かれてルセル商会を後にした。

そうして戻ったギヴァルシュ伯爵家。

扉を開けたジネットが見たのは――――。

「……お父様⁉」

頭頂部が薄くなってきた髪に、ジネットと同じ緑がかった灰色の瞳。

居間に座っていたのは、数カ月ぶりに見るジネットの父だった。

「おぉ、ジネット！　久しぶりだなあ！」

一年近く行方不明になっていたとは思えない軽快な調子で、父はあっけらかんと言った。

以前より日に焼けた顔は精悍《せいかん》さを帯び、体は全体的にシュッと引き締まっている。前までぽよぽよだったお腹もやや薄くなっていた。

それは長旅の大変さを物語っているようで、ジネットの瞳に見る間に涙が盛り上がった。

「お父様っ‼」

「おぉっとっと！　あいかわらずジネットはイノシシ並みに元気がいいなあ！」

どん、と抱き付けば、父が朗らかに笑いながら抱き留めてくれる。その匂いも体温も、ジネットが覚えている父そのもので、懐かしさにまた涙がにじむ。

「お父様！　お父様！」

――ずっと生還を信じていた。

――会えて嬉しい。

――無事で本当によかった。

けれどそのどれもが言葉にならず、ジネットはただただ涙をこぼしながら父の名を繰り返すだけ。

そんなジネットの頭を、大きく分厚い手がぽんぽんと撫でる。

「お前にも心配をかけてしまったな。だがわしは見ての通り、ぴんぴんしている」

「はい……！　はいっ……！」

耳を心地よく打つ低音は、父の懐かしくも優しい声。

嬉しさに、ジネットがコクコクとうなずく。

(そうですよね！　だってお父様は、雷に三度打たれても生きのびた方でしたものね！)

クラウスを経由して無事は聞いていたが、やはりこうして目の前に本人がいるのは格別だ。

父から離れてクラウスを見れば、彼も本当に嬉しそうな笑みを浮かべてジネットたちを優しく見守ってくれていた。気づいた父が言う。

「クラウスくんも本当にありがとう。色々あって一時は帰国を諦めていたが、君がわしを見つけてくれたことで、こうしてまた戻ってこれた。本当に世話をかけてしまったね」

「何をおっしゃるのです。そもそも今まで僕を散々助けてくれたのはあなたの方ですよルセル卿《きょう》。これぐらい、当然のことをしたまでです」

言って、今度は父とクラウスががっしりと抱き合った。

再会を喜び合うふたりの姿に、ジネットも胸がいっぱいになる。

やがて散々再会を喜び合った後に、父は話を切り出した。

「……さて。道中クラウスくんからの手紙でひと通りの近況は把握しているつもりだが、わしが離れている間にルセル家はずいぶんと変わってしまったようだな？」

その言葉にジネットは無言でうなずいた。

父が行方不明になっている間にジネットは家を出て、ルセル商会の権利書を手に入れ、義母は借金を作り、そのせいでアリエルは嫁いで行った。

一連の出来事を父がどう思うのかは、実の娘であるジネットであっても読めなかった。

「まず、ジネットや」

「は、はいっ」

父の大きな手が、ふたたびジネットの頭にぽんと乗せられる。

「わしのいない間に、ずいぶんと頑張ったと聞いている。レイラから商会を守ってくれてありがとう。予定より少し早いが、ルセル商会はもうお前のものだ。これからはクラウスくんや商会のみんなと一緒に、お前の好きな道を歩みなさい」

「はいっ！」

ジネットは力強くうなずいた。今まで商会長代理として頑張って来たが、これからは正式にジネットが商会長となるのだ。それからはたと気づく。

「でも私が商会長なら、お父様はどうされるのですか？」

「なあに。わしは引退してのんびりやるさ。どのみち皇帝から、『早く遊びに来い！』とうるさくせっつかれているしのぉ。まだ帰って来たばっかりだというのに、やれやれ。人使いの荒い皇帝だ」

父はあいかわらずヴォルテール皇帝にずいぶんと気に入られているらしい。

「お父様、一体何をして皇帝にそんなに気に入られてしまったのですか？」

「特に何もしとらんがねぇ。しいて言うなら、熊に襲われていたのをわしがたまたま助けたぐらいか？」

「熊⁉」

父の言葉に、ジネットもクラウスもぎょっと目を丸くした。

「まあひとりじゃなかったし、運がよかったんだよねえ。でもその話は長くなるからまた今度ね」

（ああ！　また今度じゃなくて今すぐ聞きたいですお父様！）

本当はそう言いたかったが、帰って来たばかりの父に無理をさせるわけにもいかない。ジネットはぐっと言葉を飲み込んで我慢した。

やがて父はジネットやクラウス、ルセル商会の無事を確かめてから、義母レイラが待つ家へと帰っていったのだった。

◆

日が少しずつ沈み始め、薄暗くなり始めた部屋の中で、レイラはぼんやりと誰も座っていないソファを見つめていた。

かつてそこに座っていたのは、レイラのたったひとりの娘、アリエル。

アリエルは社交界に自分の悪い噂が立っているのを知ってから舞踏会には出かけなくなり、日がな一日刺繍《ししゅう》をするか、せっせと花に水やりをするかになっていた。

レイラはそんなアリエルをもどかしく想い、イライラしながら見ていたものだ。

『ちょっと悪口を言われたぐらいで社交界を逃げ出すなんて、情けない。ジネットを見なさい。あの子はあなたにあんなに悪評をばらまかれたのに、けろりとして舞踏会に行っていたわよ！』

『お姉様は特別よ！　あんな化け物みたいに図太い人と私を一緒にしないで！』

『だったらいつまでもクラウスにこだわっていないで、結婚相手を見つけてきなさい！』

そんな怒鳴り合いをしたのも、もはや遠い過去のように思える。

（この部屋って、こんなに広かったかしら……）

ゆっくりと居間を見回しながら、レイラは思った。

いつもルセル親子がにぎやかかを通り越してうるさかったせいで気づかなかったが、レイラ以外誰もいなくなった居間は、まるで最初からそうだったようにしんと静まり返っていた。

（思えばひとりずついなくなっていったわ。最初は夫、次に夫の娘であるジネット。そして最後にわたくしのアリエル……）

思い出して、レイラはまたぼんやりとした。

（アリエルの結婚は、仕方がなかったのよ）

レイラには返せるお金なんてなかったし、ジネットを頼ったら最後、どんな扱いを受けるかわかったものじゃない。残された道はアリエルともども娼館に身売りすることか、バラデュール侯爵にアリエルを嫁がせるかだけ。

それなら母娘ともに落ちぶれるより、ろくでもない異名こそあるものの、由緒正しい家柄であるバラデュール侯爵に嫁がせる方がずっとマシなはずだ。

それに考えようによっては玉の輿《こし》とも言える。本来侯爵は、成り上がりの男爵家ごときの娘が嫁げる相手ではないのだから。

……そう思うのに、レイラの気持ちは晴れなかった。

そのまま薄明かりの中ぼんやりとたたずんでいると、何やら家の中が急に騒がしくなった。

一体なんなの？　とレイラが扉の方を見たのと、扉が勢いよく開いたのは同時だった。

「わしが帰ってきたぞ～！」

響き渡るのは品のない、馬鹿でかい声。こんな声音で話す人物を、レイラはひとりしか知らない。

「クレマン……！　お、おかえりなさい！」

クレマン・ルセル。

目の前に立っていたのはレイラの夫であり、この家の主であるルセル男爵だ。

レイラはあわてて立ち上がると、以前より少し痩せた夫を出迎えに行った。こう見えて、クレマンの前ではちゃんと良妻賢母を演じているのだ。

「無事に帰ってきてくださって嬉しいですわ！　あなたがいない間、ジネットも出て行ってしまい、アリエルも嫁いで……ひとりでどんなに心細かったことか！」

ああ！　と叫びながら大げさに抱き付けば、夫も優しくレイラを抱き返してくれる。

「君にも苦労をかけたね。クラウスくんから色々話は聞いているよ」

クラウスの名に、レイラの眉がぴくりと震えた。

正直、今はその名を聞きたくなかった。なぜならクラウスはレイラの悪事を全部知っているのだ。

「ま、まあ。一体何を聞いたのかしら」

上目遣いでちらりと見上げれば、夫は機嫌良さそうに目を細めている。

「色々だよ。ほら例えば、ジネットが結婚のためにギヴァルシュ伯爵家に引っ越したんだってね？　それから君がルセル商会の権利書をジネットに譲り渡したとか……ああもちろん、アリエルの結婚のことも聞いたとも！　侯爵家に嫁入りだって？　すごいじゃないかレイラ！」

そう話すクレマンの表情は明るく朗らかで、まるで本当に全部いいことしか起こっていないような話しっぷりだ。

（あ、あら？　意外と大したことは聞いていない？　もしかして、クラウスは深いことは言っていないの？　でもなぜ？）

クラウスは見た目こそ清廉潔白《せいれんけっぱく》な聖人のようだが、その腹の中はレイラですら驚きの黒さなのだ。仮に今クレマンに話していないとしても、何か狙いがあるはず。

そう考えたレイラは、クレマンの顔色から何か読み取れないかじっと見つめた。

「結婚と言えば、懐かしいねレイラ。覚えているかい？　わしらの出会いを」

（わたくしたちの出会い？）

突然振られた話題に、レイラが眉をひそめる。

急に自分たちの出会いを語り出すなんて、今までにないことだ。

（でも、よく考えたら久しぶりに家に帰って来たわけだし、急に感傷的になってしまったのかしら？　だったら、気のすむまで付き合ってあげてもいいわね……）

過去話でクラウスのことを忘れてくれるのなら都合がいい。

そう考えると、レイラは演技の笑みを浮かべた。とことん夫に付き合うために。

「ええ、懐かしいですわね。もう何年昔のことかしら？」

話を合わせながら、レイラは思い出していた。数年前の夜、決死の覚悟で道を歩いていたことを。

あの時レイラが向かっていたのは高級娼館だ。

嫁ぎ先から追い出され、そして実家からも見放されたレイラには、もうこれしか方法はなかった。

かつての義実家《ぎじっか》は女であるアリエルのこともいらないと言っていたから、早く次の居場所を見つけないと親子ともども飢え死にしてしまう。

娼館は嫌だったが、幸い自分は美しい。それなら飢え死にするよりはよっぽどいいと、苦渋の選択をしたのだ。

けれどレイラはその途中で見つけてしまった。

酔いつぶれて転がっている、クレマンを。

「確かあの時は、目が覚めたら道端で君が介抱してくれていたんだっけなぁ」

「ええ。本当に、通行人の目に耐えながら面倒を見るのは大変でしたわよ？」

本当は最初、気づいてすぐに立ち去ろうとした。けれどクレマンが身に着けているものがすべて高級品だと気づいてあわてて引き返したのだ。

その甲斐《かい》あって、ふたりは見事結婚までこぎつけた。

（まあ、わたくしの美しさならいけるとは思っていたけれどね）

思い出してふふんと得意げになっていると、しみじみとした口調でクレマンが言う。

「懐かしいなあ。あの日、君もやけ酒を煽っていたとかで、後半はわしより君の方が酔っぱらっていたよねえ。怒るし泣くし吐くしで、散々だったよ」

「そっ……それは」

忘れていたかった都合の悪い思い出に触れられて、レイラが気まずそうに目を逸らす。

「でもあの時の君は、すごくよかったんだよね。ケチな義実家に対して、『私は美しいのだから、お金がかかるのは当然じゃない！　そんな覚悟もないのに嫁に迎えた方が悪いのよ！』と憤《いきどお》っていたよねぇ」

「そ、そんなこともありましたわね……」

クレマンが語っているのは本当のことだ。

他の人に馴《な》れ初《そ》めを話す時、レイラやクレマンは『道端で酔っぱらっていたクレマンを介抱した』という前半部分しか言っていない。

後半部分、レイラが大暴れした件は秘密にしてくれとクレマンに頼んでいたのだ。

なぜかクラウスだけはそれを知っていて、この間『これ以上悪だくみをするようならそのことをばらしますよ』と脅されたが……。

「何より、あれがよかったよ。君の、アリエルに対する想い」

目を細め、懐かしそうにクレマンが言う。

「『お願い！　アリエルを娼婦《しょうふ》の娘にしたくないの！　わたくしはどうなってもいいけれど、アリエルだけは命に代えても守りたいのよ！』って。女の人にあんなに力強く衿《えり》を引っ張られたのも初めてだし、あんなに鬼気迫る顔も初めて見たんだよねぇ」

「まあお恥ずかしい……そんなこと言っていたかしら？」

（私も酔っていたから、あの頃の記憶は結構あやふやなことが多いのよね……）

レイラはすっとぼけた。と同時に、話がどんどんクラウスから遠ざかっているのを感じて安堵もしていた。

首をかしげるレイラにクレマンがうんうんとうなずく。

「言っていたとも。わしは覚えておるぞい。君を妻に迎えようと思ったのも、そんな君の女性としての強さと、母としての強さに強く惹《ひ》かれたからだ」

「まあ……」

レイラはここぞとばかりに、ぽっと頬を赤らめてみせた。さらにクレマンが続ける。

「だから君が実際のところ、わしを微塵も好いていなくても、気にしなかったんだけどね」

「はい…………えっ？」

（今何か、急に話が変わったような）

驚いたレイラがクレマンの顔を見つめると、夫もじっとこちらを見つめ返していた。

いつも快活に笑っている灰色の瞳は、今はちっとも笑っていない。

「君のジネットの扱い方に対してもね、注意しようかどうかずっと悩んでいたんだよ。でも肝心のジネットがおもしろがっているうちはいいかと、これでも大目に見ていたんだけどね」

「え……？　はい……？」

（ジネット？　急になぜ話がそっちの方向に？）

「でもね、これだけはいただけないよ、レイラ」

すぅ……とクレマンの目が細められる。緑の瞳がゆらりと妖しく揺れた。

「君、ジネットを身代わりに差し出そうとしていたね？」

「あ……それ、は……！」

核心に触れられて、レイラははくはくと口を動かした。

「それに、アリエルを本当に身代わりとして差し出したよね？」

ギラ、と彼の瞳が鋭く光った。

――最初から、全部知られていたのだ。

クレマンはのんきに思い出話を語るふりをして、ちゃくちゃくとレイラを追い詰めるための外堀を埋めに来ていたのだ。

レイラがそれに気づいた時には、すべてが遅かった。

感情の宿らない冷たい瞳がじっとレイラを見つめている。それは裁きを下す審判者のような目だった。

「わしを馬鹿にするのはいい。ジネットもクラウスくんが守ってくれると信じていたから、千歩譲って大目に見よう。だが君はたったひとり、絶対に裏切ってはいけないアリエルをも裏切ったんだ。違うかね？」

「わ、わたくし……」

「レイラよ。もう一度聞くが、アリエルは君にとって命に代えても守りたかった大事な娘ではなかったのかね？　君がこさえた、たかだかあれっぽっちの借金のために〝老いぼれた色欲〟に差し出してもいいものだったのかね？」

怒鳴るでもなく、荒ぶるでもなく、ただ低い声で淡々と語り掛けてくる。レイラは夫の目をまっすぐ見ていられなくて、ぶるぶると震えながら床を見つめていた。

「クラウスくんが〝身売り〟と言われて悔しい思いをしていたのは君も知っているだろう？　なのになぜ、自分の娘に同じことをさせようとした？　なぜそこに『何がなんでもアリエルだけは守る』という選択肢がなかったのかね？　……本当に残念だよレイラ」

ぽん、とクレマンがレイラの肩を叩く。

「ジネットをいじめる君をずっと見逃していた一番の理由は、アリエルをまた家なき子にしたくなかったからだ。だがアリエルがいなくなった今、もう気にする必要もない。レイラ、この家から出て行ってくれたまえ。——離縁だ」

離縁。

その二文字がガン、とレイラの頭を殴りつける。

そのままクレマンが部屋を出て行こうと歩き出すのを見て、レイラはふらふらとその背中に手を伸ばした。

「ま……待って、クレマン。ごめんなさい、許して……！」

ドアノブに手をかけながら、立ち止まったクレマンはゆっくりと首を振った。

「違うよレイラ。君が謝る相手はわしじゃない。君が謝らなきゃいけないのはジネットと、それからアリエルだ。……ジネットはともかく、アリエルは謝っても許してくれないかもしれないけれどね。でもしょうがない。だって君はそれだけのことをしたんだから――」

パタン。

無慈悲に閉められた扉の音は、そのままクレマンの拒絶を表していた。

レイラはずしゃりとその場に崩れ落ちると、床に手をついた。

その時ようやくレイラは気づいたのだ。

自分が犠牲にしてしまった、大事なものを。

自分が売ったアリエルは、きっともう二度と微笑みかけてはくれないことに。

バタバタと、大粒の涙が床を打つ。堪えきれず、レイラは慟哭《どうこく》した。

「あ……ああ……ああああああああ‼　クレマン！　ジネット！　アリエル！」

もう二度と自分に笑いかけてくれない、かつての家族の名を叫びながら。

第五章　その権利書は

「――おや？　今日は珍しいね。ジネットが仕事以外で夜更《よふ》かしだなんて」

そんなクラウスの声が聞こえてきて、ジネットはハッと顔を上げた。

「あ、少し考え事をしていて……」

言いながら手に持ったマグカップをぎゅっと握りしめる。中身は先ほどサラに入れてもらったホットミルクだ。

今日はなぜか気持ちがそわそわとして落ち着かなくて、珍しく仕事を早く切り上げて居間で休んでいたのだが……。

言いよどむジネットに気づいたクラウスが、そっと隣に座る。

「もしかして父君が気になるかい？　それとも……アリエルのこと？」

その指摘にジネットは目を見開いた。それから観念したように、ふっと息を吐く。

「……やっぱりクラウス様は全部お見通しですね」

「伊達《だて》に何年も君のことを見てきたわけじゃないからね。それに君は結構わかりやすい」

「えっ⁉　私、わかりやすいですか⁉　本当に⁉」

焦るジネットに、クラウスがくつくつ笑う。あわててサラを見ると、サラも当然と言わんばかりの顔でうなずいていた。

「お嬢様は大変わかりやすいですね。特に落ち込んでいる時はシーン……ってなるのですぐわかります」

「な、なんてことでしょう……！」

（まさかそんなに筒抜けだったなんて！）

初めて知る事実が恥ずかしい。顔を赤らめているとクラウスが助け船を出してくれた。

「と言っても、それは近くで見ている僕たちに限った話だよ。君のことをよく知らない人なら、逆にジネットが何を考えているか全然読めないから大丈夫だ」

「そうですねえ。お嬢様がキラキラ目を輝かせて宝石を見ている時は、その価値を見定めている時だなんて、普通の人は気づかないですもんね」

（ならいいのかしら……⁉）

まだ赤面しているジネットに、「それより」とクラウスが話を戻した。

「アリエルがどうしたんだい？　今朝手紙が来たと、嬉《うれ》しそうに話していた気がするのだけれど」

「はい……それが……」

クラウスの言う通り、今朝ついに待ち望んでいた手紙が届いていたのだ。

「アリエルが手紙で教えてくれました。〝老いぼれた色欲のバラデュール侯爵〟はもういなくて、代わりにその息子に嫁ぐことになったと。けれど侯爵はアリエルのことを毛嫌いしていて、結婚式も挙げなければ指輪もなく、本当に形だけの夫婦になっているそうですよ。その上侯爵に倣ってか、使用人たちがアリエルにつらく当たっているようなのです」

言いながらジネットはしょんぼりと肩を落とした。

確かに、クラウスから前もって聞いていた。

新バラデュール侯爵はアリエルが悪女だからこそ結婚する気になったと。

けれど……。

「嫁ぐ先が色欲の前侯爵ではなく新侯爵なら……と思って私も送り出してしまいましたが、本当にこれでよかったのでしょうか。手紙には『気を遣う必要がなくなってせいせいした』と書いてありましたが、やはり心配で」

(あの時無理にでも、私が借金を肩代わりしていればよかったのでは。そうすればもっとアリエルにふさわしい人に嫁げたのでは)

そんな考えがどうしても頭をよぎってしまう。

頭を悩ませるジネットに、クラウスがふっと微笑んだ。それから手を伸ばしてきたかと思うと、横からぎゅっとジネットを抱き寄せる。クラウスの顎がくしゃりとジネットの髪の毛に触れた。

「く、クラウス様⁉」

「ジネット、君は本当に優しいね。その優しさもまた君の魅力だが、僕としてはアリエルに妬《や》いてしまうよ」

「アリエルにですか⁉」

アリエルは同性であり、ジネットの義妹だ。

（どこに妬く要素が⁉）

「せっかく父君が帰って来たんだ。僕としては、すぐにでも結婚式を進めたいところなのに、君ときたらアリエルのことばかり」

言いながら、クラウスがスゥッと大きく息を吸う。

髪の匂いを嗅がれていることに気づいて、ジネットは小さく叫んだ。

「あああの！　クラウス様！　きょ、今日はまだお風呂に入っていなくてですね！」

「それがどうかしたかい？　君はいつだってお日様みたいないい匂いがするのに」

「そうは言いましても‼」

ジネットにだって女性としての恥じらいはある。

必死に抗議していると、しょうがないなあ……という顔でようやくクラウスはジネットを解放してくれた。ただし匂いを嗅ぐのをやめただけで、腰に回された手はそのままだ。

「それにね、ジネット。レイラに身売りされたことはともかく、今回嫁ぎ先で不遇な目にあっているのは、ある意味彼女の自業自得でもあるんだよ」

指摘されて、ジネットはうぐ……とうめいた。

確かにアリエルが〝悪女〟と呼ばれるようになったのも、元々アリエル自身が本当にジネットの悪口を流していたからだ。その事実が周囲にバレた結果にすぎない。

「冷たいようだが、君にどうにかできることではないし、どうにかするべきことでもない。その件に関しては、アリエルが自分で頑張るしかないと僕は思うよ」

「そう……ですよね……」

ジネットはしょんぼりと肩を落とした。そんなジネットの姿を見てまたクラウスが笑う。

「今の君は、まるでアリエルのお姉さんを通り越してお母さんみたいだ」

「うう。頭ではわかっているのですが、この間アリエルが笑顔を見せてくれたのが嬉しくて……！」

指をいじりながらジネットは白状した。

今までずっと、アリエルには嫌われていると思っていたのだ。

それがこの間の別れ際、思いがけずアリエルの心からの笑顔を見てからというもの、頭の中でずっとその笑顔が輝いていた。それは宝石のようにキラキラとしてまぶしかった。

「そういうところだよ、僕がアリエルに妬いてしまうのは。君の頭の中を独占するのは僕だけでよかったのに……」

やれやれ、とクラウスがため息をつく。

「大丈夫だよ、ジネット。この間君が攫《さら》われた時に見ていただろう？　今のアリエルはレイラに反抗できるようになったんだ。きっと嫁ぎ先でだって、自分自身の力で道を切り開けると思っている」

「そう、ですね。アリエルはもう小さな子どもではないですものね……！」

ついついアリエルのために何かしてあげたいと思ってしまったが、そもそもアリエルがジネットに助けを求めてきたわけではないのだ。

（なら今は、ぐっとこらえて見守るべきなのかもしれない）

ジネットが拳を握りながらぐぬぬと耐えていると、付け足すようにクラウスが言った。

「もし君がどうしても気になると言うのなら、何か贈り物をするのはどうだろう」

「贈り物？　……バラデュール侯爵に、『アリエルをいじめないでください』っていう意味のお金を包むということですか⁉」

その言葉にクラウスはぶはっと噴き出した。

「違う、そうじゃないよ」

笑いながら訂正する。

「現実的かつ合理的な案が実に君らしいけれど、その案は良くも悪くも影響力が大きいからいったん置いておこうか。僕が言っているのは気持ち的な物だ。例えば長い船旅に出かける乗組員のために、家族は無事を祈るお守りを贈るだろう？」

「ああ、なるほど！」

その答えに納得しつつも、ジネットはポッと赤面した。

（さすがクラウス様……！　すぐお金で懐柔しようとしている場合じゃありませんでした！）

「そういう風に、見るだけで『あなたの味方です』と語り掛けてくるような贈り物はどうだろう。今はそれくらいがちょうどいい気がするな」

「素敵ですね！　ぜひそういうのにしましょう！」

（何がいいかしら！　私が選ぶとついつい生活の手助けをしてくれるような実用品を贈ってしまいそうになるのだけれど、今回はそれより気持ちが重要、よね……⁉）

ジネットはすぐさまうーんうーんと悩み始めた。

（アリエルは宝石が好きだから、願いを込めた宝飾品……でもこの間ギルバートに聞いたら、チューリップもとても大事に育ててくれていたようだし、それなら私を思い出してもらうためにチューリップを贈るという手も……ああでも、もし使用人たちに嫌がらせされて球根を潰されたりしたら、もっと悲しくなってしまうわよね⁉　壊れにくい物の方がいいのかしら？　さすがにアリエルのものを盗む人はいないわよね……？）

そこへコンコンコンと扉をノックする音がして、あわてた顔の使用人が入ってくる。

「あの……旦那様。ルセル男爵がいらっしゃっていますが、お会いになりますか？」

「お父様が？」

ジネットとクラウスは驚いて顔を見合わせた。

時刻は既に遅く、早い人ならベッドに入っていてもおかしくない時間だ。

「こんな時間にどうしたんだろう。君、とりあえず男爵を中にお通しして」

「はい！」

――やってきた父はどこかで飲んできたのか、少し酔っているようだった。

ほんのりと頬を赤らめた父が、伯爵家のソファに腰を下ろす。

「お父様、こんな時間にどうしたのですか？　酔っぱらっておうちを間違えてしまいましたか？」

お水をすすめながら言うと、父はわははと笑った。

「これは手厳しい歓迎だなあ！　わしはこう見えてそんなに酔っぱらっておらんから大丈夫だよ」

「酔っぱらいはみんなそう言うんです。お義母様《かあさま》に連絡しましょうか？」

心配してジネットが言うと、父は「いんや」と首を振った。

「連絡せんでもいい。というか連絡したくてもできんよ。何せレイラは今日、家を出て行ってしまったからなあ」

「えっ⁉」

ジネットは驚いて手で口を押さえた。

「お父様……ついにお義母様に捨てられてしまったのですか⁉」

「ちがあう！　逆じゃ逆！　わしの方から離縁したんじゃ！」

盛大に突っ込まれ、隣でまたクラウスがふふっと吹き出す音がした。

「そうなのですか⁉　てっきりお父様が捨てられた方なのかと……」

ジネットがそう思ったのも無理はない。なぜなら義母はよく、父の酒癖に愚痴《ぐち》をこぼしていたからだ。

今回も行方不明になった挙げ句、帰ってきて早々に酔っぱらいになっているので、てっきりそれで義母の堪忍袋《かんにんぶくろ》の緒《お》が切れたのかと思ったのだが……。

「それにしてもどうしてですか⁉　ようやく夫婦水入らずで過ごせるようになりましたのに」

「夫婦水入らずだからこそだよ、ジネット」

父がしみじみとした口調で言う。

「わしはなあ……レイラがわしのことを微塵《みじん》も好いとらんことぐらい、始めから気づいておった」

それは初めて聞く父の告白だった。

「でもそれでもいいと思っていたんだ。レイラの意地の悪いところも計算高いところも、それでいて娘のためだけには頑張るところも魅力的だったんだがなあ……」

言いながら父が、残念そうに首を振る。

「だがその娘をも身代わりにしてしまうようになったら、もうおしまいなんだよ」

それは重い、重いひと言だった。

自分が愛されていなくても気にしていなかった父にとって、きっとそこだけは譲れない一線だったのだろう。ジネットはうつむいた。

「最初にクラウスくんに聞いた時は信じられなかったよ。いや、信じたくなかったのかもしれない。ジネット、お前を身代わりとして攫ったと聞いて、わしは血が沸き立つような怒りを覚えた。そしてアリエルが借金のカタに差し出されたと知った時、もはや失望で怒る気力すら失せてしまった」

「お父様……」

(人が人を本当に見限る時、そこにあるのは怒りではなく失望なのかもしれない……)

ジネットはそっと父の手を握った。まだ酔いの残る赤ら顔で、父が寂しそうに言う。

「お前にも苦労をかけてしまったね、ジネット。お前もアリエルも、わしにとってはどちらも大切な娘だ。アリエルの母を奪いたくなくて長年お前にはつらい境遇を強いてしまったが……」

「お父様、私は大丈夫ですよ。本当に全然、これっぽっちもつらかった記憶はございませんので！」

ジネットはきっぱりと言い切った。

社交界で「アリエル様に悪口をばらまかれてつらかったでしょう？」と同情的な声をかけられた

時もそうだったのだが、ジネット自身はレイラやアリエルのせいで長年つらかった――ということは全然なかったのである。

「逆にご褒美をたくさんもらえて楽しかったですし、おかげさまでいっぱい成長できましたし！」

けろりとして言うジネットに、父は声を上げて笑った。

「そうだ、そうだったな。お前はそういう子だった」

「むしろ私としては、どちらかと言わなくてもクラウス様を身売りだと馬鹿にしていた貴族の方が嫌でしたね。あ、思い出したらふつふつと怒りが……！　私もクラウス様に倣って、あの方たちにチューリップの価格をふっかけておけばよかったです……！」

そこへさらりとクラウスが混じってくる。

「大丈夫だよジネット。彼らなら最初から高い値段をふっかけてあるから」

「⁉　そうだったのですか⁉」

（さすがクラウス様、ぬかりない！）

感心しつつも驚くジネットの横では父が爆笑していた。酔っぱらいらしく、ぱんぱんと手で太ももを叩《たた》いている。

「この感じも久しぶりだのう。家に帰って来たという感じがする。あとクラウスくん、君前よりだいぶ素直になったね？　今までは思ってても口には出していなかったのに」

「もう隠さずに行くことにしたんです。でないと、ジネットは全然気づいてくれませんから」

クラウスがニコッと微笑むと、父は「あぁ……」と何かを察した顔になった。

「ジネットはわしに似て鈍感だからねえ……。いやわしはなんだかんだレイラの気持ちには気づいておったけどもな？」

「さ、最近はだいぶ気づけるようになってきましたよ……!?」

とは言ってみたものの、やはり語尾にどこか自信のなさがにじんでしまう。

「あれだけやって気づいてもらえなかったら、今度こそ僕は泣くよ」

「おぉ……今のやりとりだけでクラウスくんの苦労がひしひしと伝わるようだねぇ……！」

言って父がぶるぶるっと震える。

「ようやくあなたが帰ってきてさぁ結婚式、と思ったら、今度はアリエルのことでずっと頭を悩ませていますからね……。早く僕だけのことを考えていてほしいものですよ」

残念そうに言われ、それからちらりと見られて、ジネットは目を逸らした。

「ぜ、善処します！」

そこに、何かを思い出したらしい父が「あっ」と声を上げる。

「結婚の単語で思い出した！　わしからふたりに、プレゼントがあったんだった」

「プレゼント？」

言うなり、父ががさごそと胸ポケットを探し始める。

かと思うと、そこからぐしゃぐしゃになった紙切れを出してきた。ジネットの瞳がきらりと光る。

（お父様のせいでぐしゃぐしゃになっていますが、あの紙の材質自体はかなりの高級品の気配がしますよ……!?）

「あったあった。これをふたりにあげようと思って」

広げられた書簡には、ヴォルテール帝国の公用語であるノーヴァ語で書かれていた。

クラウスとジネットがそれぞれ中を覗《のぞ》き込む。

「えっと、『次の情報について、下記に記す』――？」

「見慣れない単語が多いですね。これは……」

よく見ようと目を細めたクラウスに、父はあっけらかんと言った。

「ダイヤモンド鉱山の権利書だよ。これを君たちにあげよう」

「「はい⁉」」

ふたりの声が重なった。

「いやー。それバスコくん――あ、ヴォルテールの皇帝のことね――にもらったんだけど、宝石に関してはジネットの方が得意だろう？　ちょうどいいからもらってくれると嬉しいなあ」

「嬉しいなあってお父様。これはダイヤモンド鉱山ですよ⁉　規模がダイヤモンドの比じゃありません‼」

「それに、皇帝があなたに下賜《かし》したものを勝手に僕たちに渡すのもまずいでしょう……！　というかヴォルテール皇帝も何やっているんですか⁉　大事な鉱山を他国の商人に渡すなんて！」

あわあわとあわてふためくふたりを尻目に、父はおっとりと言った。

「いいのいいの。どうせ権利書って言ったって鉱山はヴォルテール帝国内にあるしさあ。今の皇帝が死んだらきっと次の皇帝がすぐに回収しにくるだろうから、それまでの期間限定みたいなもんだよ」

「そうなんですね……」

「なんだかんだ将来のことも現実的に考慮しているあたり、さすがルセル卿《きょう》ですね……」

その冷静さに、父が帝国で生きのびて来た片鱗《へんりん》を見た気がしたのはきっとジネットだけではないはずだ。

「それでさあ、せっかくだから今のうちにダイヤモンドで稼げるだけ稼いでおきたいなと思って」

「確かに、今のうちに掘りつくすぐらいの勢いで掘った方がいいでしょうね。いつ回収されるかわからない不安定なものですから」

「ということは、次の品物はダイヤモンドですね？　私とクラウス様ふたり宛てということなら、宝石という商品から見てもマセウス商会で取り扱うのがいい気がします！」

ジネットは早くも頭の中でカタカタと計画を立て始めていた。

「この宝石は愛好家が多いので、売るのは難しくなさそうな気がしますが……」

ダイヤモンドと言えば、宝石の中の王様だ。

古代キーリア語で無敵を意味する〝アダマス〟という名をつけられるほど硬い宝石で、その絶対的な硬さと美しさゆえに、古来より王侯貴族たちに愛されてきた。

「でもジネット、ひとつ忘れているよ」

クラウスに指摘されて、ジネットははてと首をかしげた。

「忘れている？」

「この間のチューリップの件で、今は市場がガタガタだろう？」

「あ」

思わず声が漏れ出る。

「そういえば、そうでした……。だとすると、今市場に出すのはあまりよくないですね……。皆様チューリップの二の舞を恐れて、あるいはその負債が残っている方はそもそも財布の紐《ひも》が堅くなっているでしょうし……」

もちろん事件の難を逃れた人もいるにはいるが、貴族の中にも損失を出した人は多いのだ。

そんな中で新商品！　……というのもいささか気まずい。

（であれば今回は上流階級の方々ではなく、被害の少なかった一般の皆様に商品を……？　けれどダイヤモンドは王侯貴族たちには愛されてはいても、高価すぎるがゆえに一般の皆様にはまだなじみがないはず……）

ジネットがうーんと考え込んでいると、そこへ同じく何かを考えているらしいクラウスが言った。

「……それならジネット。僕に案がひとつあるんだ。聞いてくれるかい？」

「案ですか？　なんでしょう！」

ジネットはワクワクと目を輝かせた。

クラウスは優しくジネットを見守ってくれることがほとんどのため、こうして彼の案を聞くのは久しぶりだ。

「耳を貸して」

そう言ってクラウスはジネットに囁《ささや》いた。

やがてふんふん、とうなずきながら聞いたジネットが、パッと顔を輝かせる。

「いいですね、それ！　ぜひやってみましょう！」

◆

クラウスの案を聞いて、ジネットはすぐに準備を始めた。

と言っても今回ジネットに任されたのは、中流階級以下でも手を出しやすい価格のダイヤモンドを用意すること。

幸い父経由でもらったダイヤモンド鉱山にはうってつけのダイヤがごろごろしていたので、あとはそれを加工できる職人を見つけるだけ。

ダイヤモンドは硬く、今まで王侯貴族以外に出回らなかったのには価格の他、加工の難しさも関係していたのだ。

でも。

（よかった！　これなら私にもできそうです！）

何を隠そう、人探しはジネットの得意分野だった。

お馴染《なじ》みのエドモンド商会やゴーチエ商会、それに以前パブロ公爵のバイラパ・トルマリンで縁を繋《つな》いだ宝石商グアハルドにジネット父にと、ジネットは持ち得る人脈を最大限活用した。

幸いチューリップ事件の時にジネットの助言で大損失を免れた人も多く、協力者は多かった。中にはジネットが市場に新たな風を巻き起こしてくれるのなら喜んで協力するという人もいたくらいだ。

そうして急ピッチでダイヤモンドの加工が進められる中、クラウスはクラウスで、大掛かりな準備を始めていた。

ギヴァルシュ伯爵家には連日人が押し寄せ、ジネットに会いにきた職人や商人たちの他、クラウスが呼び寄せた様々な人間が出入りする。

屋敷の中は常に人声が絶えず、あっちから何やら歌声が聞こえて来たかと思うと、こっちでは気難しそうな男性たちが顔を突き合わせてひそひそと囁き合う。

そんな中、ジネットは家で打ち合わせをする以外に、職人たちの作業場も行き来していた。兎《と》にも角《かく》にも、加工済みのダイヤモンドをたくさん用意する必要がある。作業が順調なのか、定期的な様子見も兼ねていた。

そんなある午後、職人の厨房《ちゅうぼう》へ行く途中。

「あら？　あれは……」

この辺りで一番人がにぎわう広場には、トンテンカンという大工たちがとんかちを振るう軽快な音が響いていた。その音に吸い寄せられたジネットがちらりと覗き見ると、彼らが組み立てていたのは木でできた舞台だった。

そばには、現場監督と話をしているクラウスの姿。

ジネットは少し離れた街灯の陰から、そんな彼の姿をじっと見つめた。

太陽光に照らされてキラキラと輝く銀の髪に、すべてが完璧な調和を保った甘くも凛々《りり》しい顔。背も高くスラッとしたクラウスの立ち姿はひとりだけ纏《まと》う空気が違い、たくさんの人がいる広場の中でもひときわ目立っていた。

その証拠に、通りすがりの女性たちが仕事も忘れてぽーっと彼に見惚《みと》れている。

(クラウス様……こんな遠くから見てもかっこいいなんて、さすがです……!!)

通りすがりの女性たちと一緒になって、思わずジネットもほぅと息をついた。

最近はクラウスが向けてくる輝かんばかりの笑顔に少し慣れてきたと思っていたが、こうして見ると彼がどれだけ特別際立って美しいのか再認識させられる。

(クラウス様の場合は外見ももちろんとてもかっこいいのですが、なんというかこう、仕草のひとつひとつまで優雅で品があると言いますか、目が惹《ひ》きつけられますね……!)

ジネットは思わず感嘆の息をついた。

そこへ、聞き覚えのある低い声が降ってくる。

「こんなところで一体何をしているんだ? ジネット」

振り返れば、怪訝《けげん》な眼でこちらを見下ろしているキュリアクリスがいた。

「キュリアクリス様! 偶然ですね!」

彼もジネットと同じく職人訪問中で、ジネットとは違うルートを行っていたはずなのだが、たまたま居合わせたらしい。

キュリアクリスはジネットが見ているものに気づくと、「ああ」と呟《つぶや》いた。

「クラウスか。改めて見ると、奴は本当に目立つな。……だが私も負けていないと思わないか?」

言いながら彼は街灯の柱に腕を乗せると、ジネットにぐいっと顔を近づけて来た。

「どうだ？　よく見比べてみてくれ。クラウスと私、どちらがより好きな顔なのか」

キュリアクリスの不敵な笑みに、ジネットが目を見開く。

確かに、キュリアクリスはクラウスに負けず劣らず目立つ外見をしていた。

クラウスよりも背が高くがっしりとした体軀《たいく》。大きな黒い瞳は力強く、それが小麦色の肌と合わさってエキゾチックな雰囲気をただよわせている。

通りすがりに頰を赤らめた女性たちがちらちらと視線を投げかけてくるのも納得というもので、キュリアクリスには貴族たちとは一味違う、野性味あふれる色気があった。

クラウスが聖なる天使だとするなら、キュリアクリスはさながら冥府の悪魔。

「確かにキュリアクリス様も大変お美しいですね！　さすが王家の血筋です！」

ジネットが感心しながらうんうんとうなずくと、キュリアクリスが脱力したようにずるっと腕を滑らせる。

「……今のは多少なりともどきどきしてほしい場面だったのだが……。そうか、これがクラウスが言っていた鈍感ということか……」

なんてうめきながら額を押さえている。

かと思うと、ジネットは後ろからぐいっと誰かに引っ張られた。

「わっ⁉」

あわてて振り向くと、そこに立っていたのはにっこりと微笑んだクラウスだ。

どうやらいつの間にかやってきた彼が、後ろからジネットの腰に手を回して引き寄せたらしい。その顔は笑顔にもかかわらず、なぜか眉間《みけん》に青筋が浮かんでいる。

「本当に君は油断も隙もないね？　キュリアクリス」

「そりゃあそうだ。私を誰だと思っている？　目を離した方が悪い」

けろりと言い返されて、クラウスの眉間に青筋がひとつ増えた。

けれどここは道路の真ん中なのだ。周りでは美男ふたりに女性たちが「あそこ、見て！」と黄色い悲鳴を上げながら沸き立ち、同時に「あの女誰よ」とジネットにも注目が集まっていた。

（あああ、おふたりが集まると本当に目立ちますね！　この空間だけとてつもなくキラキラしています！）

今日はいつも以上に太陽の光が強いからだろうか。ジネットを挟んで向かい合うふたりの眩《まばゆ》さと言ったら。性別問わず、その場にいる人間たちの足が揃《そろ》いも揃って止まってしまっていた。

（うっ！　これは美しすぎて罪です！　ほら大工さんたちも硬直している！　美しすぎて経済が停滞してしまっていますよ！）

ジネットは急いでクラウスの手を引いた。

「帰りましょうクラウス様！　このままではここの労働力が壊滅してしまいます！」

「何を言っているんだいジネット。でもよくわからないが、君から手を繋いできてくれたのは嬉しいよ」

そう言いながら、クラウスはにこにことジネットの後をついてきていた。

「――さて、いよいよ準備も大詰めだ。新商品発表の場が間もなく完成するよ」

その後満足そうに言いながら、クラウスは広場に設置された舞台を見た。

彼はここで、一般の人々に向けてダイヤモンドをお披露目しようと考えているのだ。

「しかしずいぶん大きくて立派な舞台だが、それだけでみんなが『じゃあダイヤモンドを買おう』なんて思うものなのか？」

そう言ったのはキュリアクリス。とはいえ、彼の言葉ももっともだった。

大きくて派手な舞台を作り、そこで大々的に宣伝をすれば人々の注目は集められるだろう。

けれどそれが実際の購入に繋がるかどうかは、また別物なのだ。

「もちろん対策はしてあるさ。そうだろう？　ジネット」

「はいっ!!」

ニコニコと嬉しそうな顔のクラウスに声をかけられて、ジネットは元気よくうなずいた。

〝対策〟は、ジネットとクラウスが連日相談をしてふたりで決めたことだ。この部分は細心の注意を重ねに重ね、密かに色々な人の協力も仰いでいる。

「なんだ、私には内緒なのか？」

機嫌を損ねたように、キュリアクリスがムッと顔をしかめる。そんな彼に、クラウスは先ほどの仕返しだと言わんばかりににやりと笑った。

「それはそうだ。サプライズは秘密にしてこそだろう？　当日を楽しみにしていてくれ」

クラウスの返事に、キュリアクリスはやれやれと大きなため息をついたのだった。

◆

そしてやってきた、マセウス商会新商品発表の当日。

人が十人以上も乗れる大きな舞台はぴかぴかに飾られ、その前にはずらりと椅子が並んでいた。

運のいいことに天気にも恵まれ、空からやわらかな日差しが降りそそいでいる。

「天気だけはどうにもならないから心配していたけれど、見事な快晴。これなら発表にうってつけだね」

「はい！　ものごとには運も大事ですからね。とっても幸先いいような気がします！」

うきうきと言ってから、ジネットは遠くに立つ父の姿を見つけた。

新商品発表に当たり、ジネットは父を招待していたのだ。

「お父様！」

声をかけると、気づいた父が上機嫌で歩み寄ってくる。

「今日は楽しんでいってください！　とびきり素敵なものをお見せします！」

「ほぉお。皇帝のダイヤモンド鉱山が一体どんなものに化けるか楽しみだのう」

「はい！」

言いながら、ジネットは父の隣をちらりと見た。

こういった催しがある時、父はいつも必ずレイラと一緒に参加してきた。けれど当然ながら離縁した今、その隣に彼女の姿はない。

ジネットが考えたことに気づいたのか、父がふっと寂しげに微笑む。

「レイラのことが気になるか」

「あっ、い、いえ！　ただ、本当に離縁してしまわれたのだなと思って……！　ごめんなさい、思い出させてしまって」

「よいよい。気にするな」

それから父は、少し遠くを見るような目をしてジネットに言った。

「レイラはわしの言いつけ通り出て行ったよ。それからギルバートが調べたところによると、どうやらここから遠く離れた修道院に自ら身を寄せたようだのう」

修道院。

その単語をジネットは意外な気持ちで聞いていた。

レイラは、父から結構な額の手切れ金をもらったと聞いている。それなら彼女のことだから、何がなんでも都の生活にこだわるかと思っていたのだ。

「修道院の生活は全部自給自足で結構厳しいと聞きますが、大丈夫なのでしょうか……？」

「さあ。それはわしにもわからんな。……だがもしかしたらレイラも、何か思うところがあったのかもしれん」

何せ実の娘であるアリエルを、借金のカタに売り飛ばしてしまったのだからな、と父は言った。

「今さらその罪の深さに気づいたのか、それとも罪悪感に駆られたのか……。どちらにせよ、もうわしとレイラの道が交わることはないだろう。それでも一度は夫婦となった身だ。彼女にも修道院で新たな道を見つけてほしいと、願うぐらいはいいだろう」

「そうですね」

ジネットはしみじみとうなずいた。

「アリエルにした仕打ちはしっかりと償ってほしいですが……いつかレイラさんにも憎しみや恨みを忘れて、心穏やかに過ごせる日が来るといいなと思っています。だって、人生は長いですから」

本当に様々なご褒美をくれた元義母レイラだが、ジネットは売り飛ばされかけても、最後まで彼女を嫌いになれなかった。それはジネット自身に、レイラのせいで苦しんだ記憶がないからかもしれない。

そのまましばし会話を交わした後、父は用意された席へと向かって行った。

次に顔を上げた時、ジネットは新たな客の姿に気づいた。

「クリスティーヌ様！　パブロ閣下！　来ていただいて嬉しいです！」

満面の笑みで駆け寄ると、いつになくはしゃいだ様子のクリスティーヌ夫人がジネットを抱きしめる。

「ジネット、すごいわね！　わたくしこんな舞台は初めて見たわ」

「私もだ。まさか劇場ではなく、こんな街中に舞台を作ってしまうなんて、あいかわらず君たちは斬新なことを思いつくね」

感心する夫妻に、照れながらジネットが説明する。

「最近は戯曲《ぎきょく》と言えば劇場で見るものですからね。でもひと昔前までは、こういった移動式の劇団が多かったんですよ」

「へえ、そうなの……！　あなたはこういった歴史にも詳しいのね」

さすがジネットね、と夫人は嬉しそうに言った。ジネットは照れながら、パブロ公爵夫妻を最前席へと案内していく。

――そう。今日のサプライズは何を隠そう、新商品発表の場で上演される〝演劇〟だったのだ。

「演劇？　こんなところで一体何を上演する気なんだ？」

今回はルセル商会の一員ではなく、客として招かれたキュリアクリスが不満げに言う。……まだジネットとクラウスが隠し事をしていたことにすねているらしい。

「もちろんそれは見てのお楽しみだ」

この上なく上機嫌なクラウスがキュリアクリスをいさめながら席に案内している。

「それにしても……大盛況ですねお嬢様！　立ち見も出ているみたいですよ！」

席を見渡しながら、サラが弾んだ声で言った。

何列にもわたって用意された椅子にはみっちりと人が座っている。

最前列にはジネットたちが招待した貴族がいるものの、それ以外は実に様々な人たちで構成されていた。

身なりのいい紳士服、淑女服を着た人たちに、近くの店で働いていたであろうエプロンをつけたままの従業員。鞭《むち》を腰に携帯しているのは馬車の御者らしき人物だ。それから靴磨きの少年に、どこぞの料理屋のおかみさんが、数人の子どもを引き連れて座っている姿もある。

皆、無料で演劇が見られるという謳《うた》い文句に釣られてやってきたのだ。中には店じまいをして見に来ている人もいるようだった。

頃合いを見て、クラウスが進行係に合図を送る。それからジネットとともに、最前列の一番端っこに座って成り行きを見守った。

「皆様お待たせいたしました！　ただいまから上演いたします演目は、『王女の婚姻』でございます！」

朗々と響き渡る役者の声に、あちこちからひそひそ声が聞こえる。

「『王女の婚姻』って有名な演目？」

「さあ、初めて聞くな」

「まあおもしろければなんだっていいけどな」

そんな中、パーッと開始を告げるラッパの音が鳴ったかと思うと、大きな看板を立てて作った舞台袖から突如怒鳴り声が聞こえた。

『クリスティーヌ！　いい加減にしないか！　君は王女だという自覚はあるのか⁉』

続いて舞台に掛けられたカーテンが引かれると、そこには塀にまたがっているひとりの女性の姿。髪はまっすぐ伸びたプラチナブロンドで、それを見たパブロ公爵が「あ！」と声を上げてあわてて口を手で押さえた。隣ではクリスティーヌ夫人が声を漏らさないよう、両手で口を押さえてくすくす笑っている。

『やだ、よりにもよって一番うるさいのに見つかるなんて、今日はついていないわ……』

『一番うるさいとはなんだ一番うるさいとは！』

言いながらずんずんと歩いてくる役者は、どっしりした体格の熊のような男。もちろんその髪は茶色だ。

……そう。

パブロ公爵が気づいたように、この劇はパブロ公爵夫妻の馴《な》れ初めを描いたものだった。

以前ジネットはふたりの話を小説にしたいと考えていたのだが、今回クラウスが考えた案にこの話がぴったりだったため、クリスティーヌ夫人の協力を得て戯曲として書き上げてもらったのだ。

クラウスがそのことを説明すると、ようやく話を摑《つか》んだらしいキュリアクリスが「なるほどね」とうなずく。

「しかしなんでまた戯曲なんだ？　それも恋愛もの」

「もちろんそれが商品に関係してくるからだよ。まあ見ていてくれ」

余裕しゃくしゃくで微笑むクラウスたちの前で、『王女の婚姻』は順調に進んで行った。

気づけば物語はクリスティーヌ王女がパキラ皇国に嫁ぐシーンまで来ており、舞台上では花嫁衣装を着たクリスティーヌ役の女優が、沈痛な面持ちでうつむいている。

「ふふっ。懐かしいわ。わたくしこの時、もう二度とあなたに会えないと思っていましたのに」

こそこそと、クリスティーヌ夫人が嬉しそうにパブロ公爵に囁いている。対するパブロ公爵は「う、うむ」とどこか気まずそうだ。

そして皆が見守る前で、突如たくましくなったパブロ公爵ことレイトン役の俳優が現れて叫んだ。

『陛下、私との約束を忘れないでいただきたい！』

登場に、観客の視線がいっせいに彼に注がれる。

かと思うと他の俳優たちが舞台袖にはけていき、代わりに現れたのはパキラ皇国に住む南の部族たち。

続いてレイトン役の俳優が、巨大な鉄槌《てっつい》を構えて右へ左へとバッサバッサなぎ倒していく。流れるような動きで披露されるのは華麗な演武だ。その迫力に、客席から「おぉっ」と声が上がった。

『これぞ〝地獄から来た筋肉だるま〟だな！』

パキラ皇帝役の掛け声に、今度はドッと笑い声が上がる。

それを見たクリスティーヌ夫人は嬉しそうに笑い、パブロ公爵は顔を赤らめて気まずそうにぽりぽりと頬を掻《か》く。

やがて最後の告白シーンまで来ると、舞台上にはクリスティーヌ役とレイトン役のふたりだけになった。

『……クリスティーヌ王女よ。こ、こんな私と、どうか結婚してもらえないだろうか！』

『レイトン……』

目を潤ませて見つめるクリスティーヌは、次の瞬間レイトンに飛びついた。そのままふたりは熱い口づけを交わし、それが合図だったかのように辺りに爆発的な歓声が沸き上がった。

「ブラーヴォー！」

「すばらしかったわ！」

「レイトン頑張ったなあ！」

戯曲の終わりを知らせる演奏と、立ち上がった人々の拍手が混じり合う。気づけば一瞬で、広場はかつてないほどの熱気に包まれていた。

パブロ公爵だけはひとり気恥ずかしそうな表情をしていたが、それでも口元には笑みを浮かべ、他の人と同じようにパチパチと拍手をしている。隣にいるクリスティーヌ夫人は、うっとりとした表情でパブロ公爵の肩にもたれかかっていた。

（話を聞いた時もとてもおもしろかったですが、実際に役者さんの演技で見ると感動もひとしおです！まさに世紀の大恋愛ですね！）

自らも力強い拍手を繰り返しながら、ジネットはうっとりと余韻《よいん》に浸った。

舞台映えのために脚色を加えたり構成を変えたりした部分はあるものの、それでもほぼクリスティーヌ夫人の実体験なのだ。

（そう考えると、クリスティーヌ様はまるで物語の主人公のようですね……！）

なおも感動していると、収束してきた拍手に合わせてクラウスが立ち上がった。

（あっいけない。感動している場合ではありませんでした！　クラウス様を応援せねば！）

気づいたジネットがきりりと表情を引き締める。

何を隠そう、ここからがマセウス商会――いや、クラウスの本番なのだ。

舞台では主演のふたりが深々と観客にお辞儀をしているところで、クラウスはそのそばに立つと、役者たちにも負けぬほど堂々と、そして朗々とした声を張り上げる。

「皆さん、物語はハッピーエンドを迎えましたが、お話はまだ終わりません。もう少しだけ続くのです」

それは熱波の最中に流れ込んできた涼風のように、人々の耳を心地よくくすぐった。よく通る声でありながら落ち着いた美声に、熱に浮かれていた人々が、「おや？」とクラウスを見つめる。

「その後レイトンはクリスティーヌに指輪を贈りました。それは彼が方々を駆けずり回って見つけた、輝く一粒のダイヤモンドを載せたものでした」

クラウスが流れるような動きで役者の方を指すと、パブロ公爵役の男優がポケットからごそごそと何かを取り出す。

それは大きな一粒ダイヤモンドが載せられた本物の指輪だった。

大きな、といっても、観客から見える指輪は豆粒ほどにも小さい。けれど彼が指輪を動かして太陽の光に当てると、ダイヤモンドは七色の輝きを放ちながらキラキラ、キラキラとまたたいた。

その光はさながら昼に舞い降りた明星のよう。遠く離れた席に座っていた女性が、まぁ……と息を漏らした。

「ご存じでしょうか。ダイヤモンドには様々な呼び名があります。神々の涙、流れ星のかけら、そして不変の象徴」

皆に聞こえるよう声を張り上げているにもかかわらず、不思議とクラウスの声は耳障りにならず、しんとしみ込んでくるようなやわらかさがある。

「何千年もの時をかけて母なる大地に育《はぐく》まれたダイヤモンドは、たとえ我々の肉体が滅びようとも後世に残り続けます。そんなダイヤモンドに偉大なる祖先は願いを託して、結婚指輪にこの石を選び続けました」

――ダイヤモンドの指輪をつけた夫婦の絆《きずな》が末永く、そして永遠に続くように、と。

「〝永遠の輝きをあなたに〟……どうぞ、レイトンとクリスティーヌの行く末をお見守りください。そしてあなた方自身の愛しい人にも、ぜひダイヤモンドの輝きを」

言って、クラウスと主演の役者たちが深々とお辞儀をした。

美男美女の横に立っているにもかかわらず、クラウスの美貌は舞台の上に立ってもまったく色あせることはなかった。むしろ、誰よりも目立っているかもしれない。

貴族としての礼儀作法を叩き込まれた優雅な所作に、輝く美貌。

売れっ子役者顔負けの圧倒的オーラに、人々はまるで魔法をかけられたように熱っぽく彼を見つめ、ほぅと吐息を漏らす。

それはジネットも例外ではなかった。

（ク……クラウス様が……美しすぎます……！）

「ねえあの美しい方は誰なの？　役者？」

「わからないわ。でも素敵ねえ……」

「後でお名前聞きに行こうかしら？」

後ろからそんなヒソヒソ話が聞こえてきて、危うくジネットは振り返って「あの方はクラウス様です！」と全力で同意するところだった。

（さすがクラウス様。演技力もすばらしいです！　と言いますか、普通に役者になれるのでは⁉

あの麗しい外見に頭の良さ。さらに商才もあって演技までできるなんて……すごすぎます！）

そんなことを思いながら、ジネットがふるふると震えていた時だった。

「――それからこの場をお借りして、私も愛しい人に、この指輪を贈ろうと思います」

とクラウスが言ったかと思うと、彼の菫色《すみれいろ》の瞳がまっすぐにジネットを見たのだ。

「ジネット」

「えっ」

突然名前を呼ばれて、ジネットが硬直する。周りの視線が一斉にジネットに集まった。

（なぜここで私の名が……!?）

驚いているのはジネットだけではない。今回の戯曲について打ち合わせをしたクリスティーヌ夫人も、目を丸くしてこちらを見ている。

それも当然だ。クラウスに打ち明けられた案は戯曲に紐づけたダイヤモンドのくだりまでで、そこにジネットが登場する予定はこれっぽっちもなかったのだ。

「ジネット。こちらに来てくれるかい？」

もう一度呼ばれて、ジネットがおろおろと辺りを見渡した。今や会場中の人たちが、今度はジネットに注目している。

なおもおろおろしていると、サッと誰かがジネットのそばに立った。

それは舞台の手伝いをするために、ずっと舞台袖に控えていたサラだ。

「さあお嬢様、早く！」

サラはなぜか満面の笑みでひそひそ囁くと、ぐいっとジネットの背中を押してくる。

「えっえっ」

戸惑いながらも、ジネットは転がるようにして舞台の上に上がった。そのままそろそろとクラウスのそばにいくと、「あのう……クラウス様これは一体……!?」と小声で囁きかける。

するとクラウスは、そんなジネットの手をスッと手にとった。

それから騎士が女王に忠誠を誓うようにひざまずいたかと思うと、懐からベルベットでできた小さな四角い箱を取り出したのだ。

(これは……?)

目を丸くして見つめる前で、クラウスの美しくしなやかな指が小箱をぱかりと開けた。

中に入っていたのは、輝くダイヤモンドの指輪だ。

「ジネット。僕の愛する人」

そう言ったクラウスの瞳を見て、ジネットは危うく失神するところだった。

アメジスト色に潤む瞳が、切なさと甘さをたたえてまっすぐジネットを見つめていたからだ。

「ジネット、僕は君のことが好きだ。君の隣に立ち、君と家庭を作り、そして最後まで君を守る人になりたい。だから——君にこの永遠の輝きを贈らせてくれ。どうか僕と結婚してくれないか」

それは二度目のプロポーズだった。

ジネットの顔が、みるみるうちに真っ赤になる。

離れたところでは、観客たちがざわざわと囁き合っていた。

「えっ？　あれも演出のひとつ？」

「それにしてはやけに女の子の方が初々しくないか？」

「見なよあの顔、真っ赤だぞ。あれは演技じゃないと見た」

（おっしゃる通り演技ではありません！）

と叫ぶわけにもいかず、ジネットはひえぇと顔を覆った。

「……ね、ジネット。返事は？」

そんなジネットに、クラウスが囁いてくる。その瞳にはジネットの答えをわかりつつも、でもほんの少しだけ不安も覗いていた。

「あああ、あの、それはもちろん、はい、どうぞよろしくお願いいたします……!!」

「ありがとう」

返事をするとほぼ同時に、ジネットはクラウスに強く抱きすくめられた。

その瞬間、見ていた観客たちがワッと声を上げ、ヒュウ！　と指笛が吹かれる。

「よかったな兄ちゃん！」

「おめでとー!!」

「ふたりとも幸せにな！」

あちこちから飛んでくる野次とも言える声援に、ジネットは目を白黒させることしかできない。

一方のクラウスは余裕たっぷりに微笑むと、手を振って「ありがとう！」と声を張り上げた。

さらに、

「ダイヤモンドはぜひマセウス商会で！　どなたでも購入できるよう様々なものを揃えています！」

という宣伝も忘れない。その輝くような笑顔に、またキャー！　という黄色い悲鳴が上がる。

ふたりがはやし立てられながら舞台から降りる頃には、あちこちでマセウス商会の仲間たちが観客にチラシを配っていた。そこに書いてあるのはもちろんマセウス商会の名とダイヤモンドの指輪のことだ。ちゃっかり婚約指輪と結婚指輪の二段仕立てで書いてあるのが憎らしい。

「クラウス、貴様……やってくれたな」

ザッ、という足音とともに現れたのはジネットの父クレマン――ではなく、険しい顔で腕組みをしたキュリアクリス。

「まさかこんなところで、公開プロポーズで私に牽制《けんせい》をかけてこようとは……！」

ピキピキと顔に青筋を立てるキュリアクリスの後ろでは、「いやークラウスくん、思い切ったことをやるねえ！」と父がニコニコしながら拍手している。

そんな父に微笑みかけながら、クラウスが余裕たっぷりにふっと笑った。

「君に牽制？　違うよ。僕はこの場にいる全員に牽制したんだ。ジネットは僕の婚約者だよ、と」

「ぐあっ⁉　なんだその余裕しゃくしゃくの笑みは！　絶妙に腹が立つ！」

ギャンギャンとキュリアクリスがクラウスに噛《か》みつく横で、頬を紅潮させたクリスティーヌ夫人がそばに駆け寄ってくる。

「ジネット！　あれは一体なんでしたの⁉　そんな素敵なことをやるなんて、わたくし知りませんでしたわ！」

「ええとあの、実は私も初耳でして……！」

「まあやっぱり！　だって顔が真っ赤でしたものね」

ふふふ、と笑いながらクリスティーヌ夫人がぷにっとジネットの頬をつついてくる。

「彼ったら策士ですわね！　まさか私たちにまで隠していたなんて。おかげでいいものを見られましたわ」

「すすす、すみません！　今回はクリスティーヌ様たちが主役でしたのに、最後だけ私たちが目立ってしまって……！」

ジネットが恐縮すると、クリスティーヌが心外だと言うように目を丸くする。

「あら、何をおっしゃるの？　主役はいつだってあなたたちよジネット。そうでしょう、あなた」

「うむ。これは君たちの事業、君たちが主役だ。それに我々も、懐かしいものを見せてもらってもう十分に楽しんだからね」

「クリスティーヌ様……パブロ閣下……！」

こちらを見つめるふたりの優しい瞳に、ジネットは目頭が熱くなる気がした。

「それにこの戯曲、まだあと何回かやるんでしょう？」

さらっと言い放ったクリスティーヌ夫人の言葉に、パブロ公爵が目を見開く。

「何っ⁉　そうなのか⁉」

どうやら公爵は、一回で終わりだと思っていたらしい。

だがパブロ公爵にとっては残念なことに、既にクリスティーヌ夫人から許可を得た上で繰り返し上演することが決定していた。もちろんその分のロイヤリティはふたりに支払われる。

「はい！　〝永遠の輝きをふたりに〟。このフレーズが根づくまで、何回でもやりますよ！」

「ぐぬぬ……わしの暴走が王都に知れ渡ってしまう……！」

「あら何を今さら。それにあなたのあれは勇姿と言うのですよ。わたくしの自慢ですわ」

言いながらクリスティーヌ夫人がちゅっとパブロ公爵の頬にキスすると、公爵の顔がふにゃふにゃっと崩れた。

その仲睦《なかむつ》まじい様子は、あいかわらずのパブロ公爵夫妻だ。ジネットが微笑みながら見ていると、遠くからあわてた顔のサラが呼びに来た。

「お嬢様、大変です！　出張店舗に想定以上のお客様が来ていて、このままだと広場に大混乱が起きてしまいます〜！」

「ええっ⁉　閣下、クリスティーヌ様ごめんなさい！　私、もう行かないと」

ジネットは公爵夫婦に挨拶《あいさつ》すると、あわててサラと一緒に出張店舗へと走った。

——今回のジネットたちの戦略は、こうだ。

ただ指輪を紹介しただけでは、今までダイヤモンドに馴染みのない層にはきっと響かない。

そこで戯曲を使って、〝ダイヤモンドの結婚指輪〟にストーリーを持たせよう、というのがクラウスの案だった。

パブロ公爵夫妻の物語に感情移入し、胸をときめかせてくれれば取っ掛かりとしては成功。そこからさらにダイヤモンドの持つ意味や長く伝えられてきた言い伝えを知ることで、ダイヤモンドに対する愛着と憧れを作り出すのだ。

結果は、大成功。

実際に手にとって見られるよう出張店舗も設営していたのだが、思った以上の大盛況にジネットやクラウス、それからなぜかキュリアクリスやサラも総出で対応に走ることに。さらに見学だけではなく、実際に購入を希望した人は急遽《きゅうきょ》マセウス商会に案内することになったのだった。


今日だけで叩き出したとんでもない契約数を見ながら、ジネットが夜空を見上げる。

（いい感じだわ！　この調子で、もっともっとダイヤモンドが知れ渡りますように……！　そしていつか、あの子に届きますように……）

ずっと考えていた。彼女に贈り物をするなら何がいいか。

キラキラときらめくダイヤモンドが彼女の細い指で輝いている姿を想像しながら、ジネットはそっと星々に向かって祈ったのだった。


その日の夜。

一連の片づけを終えたジネットがソファにくったり寄りかかっていると、時間差で帰って来たらしいクラウスが部屋の中に入ってくる。彼は胸元のタイを緩めながら、ジネットの隣に座った。

「お疲れ様、ジネット」

「クラウス様」

ジネットはあわてて姿勢を正した。そんなジネットにクラウスが優しく微笑む。

「いいんだよ、楽にしてて。今日は忙しかったからね」

「そ、そういうわけには……！　クラウス様の方が戻りが遅かったですし！」

言いながらジネットは赤面し、目を逸らした。

実はあの公開プロポーズの後からバタバタしていて、クラウスとちゃんと話すのはこれが初めてだったのだ。

しかもプロポーズは二回目のはずなのに、なぜかやたら顔が熱くなる。

気づいたクラウスが、そっとジネットの手を握る。

「ジネット……今日は秘密にしていてごめん。どうしてもみんなの前で君に言いたかったんだが、もしかして嫌だったかい？」

そう尋ねるクラウスの顔はどこかしゅんとしている。ジネットはあわてて否定した。

「嫌だなんてそんなことは……！」

言いながらまた顔を赤くする。

――一回目のプロポーズは、ジネットが婚約破棄を提案しに向かったギヴァルシュ伯爵家で言われた。

あの頃はまだクラウスが自分を好いてくれているとは夢にも思っていなくて、嬉しさよりも、ただただ驚きが勝っていた。

けれどあれからクラウスは時間をかけて少しずつ――と言うにはやや押しが強かったが――何度も何度も気持ちを伝えてくれた。

だから今のジネットには、ようやくわかるようになっていたのだ。

クラウスが本気で、ジネットを好きだと言ってくれていることに。

(なら、私も答えなければ……!)


――その言葉を口に出すのは恥ずかしいけれど。


ジネットは自分を奮い立たせるようにぎゅっと手を握ると、どもりながらも言った。

「その、少し恥ずかしかっただけで……私は嬉しかった、です。私もクラウス様のことが……その、好き、ですから!」

(言ったわ!)

噛まずに言えたことに胸をなでおろしていると、ジネットの上にふっと影が落ちて来た。

何事かと顔を上げれば、すぐそばにクラウスの顔があった。

その顔は何かを我慢しているかのように切羽詰《せっぱつ》まり、そのせいでひどく色っぽい。

(ひゃっ!! ち、近いし、その顔は危険ですクラウス様!!)

戸惑うジネットの顎を、クラウスの長い指がとらえる。

「ジネット……」

潤んだ菫色の瞳がゆっくりとジネットに近づいてくる。さすがのジネットも、彼が何をしようとしているのか既に気づいていた。前に一度、経験していたからだ。

ジネットは覚悟すると、ぎゅっと目をつぶった。

「っ……！」

その後に押し付けられた唇は熱く、激しく。

そのまま貪《むさぼ》るようにして口づけられ、唇を離す頃にはジネットは息も絶え絶えになっていた。

(な、何やら……すごかった、です……!?)

ふらふらになったジネットに、珍しく頬を赤らめたクラウスが謝る。

「ごめん。嬉しくてつい。……一応これでも、我慢した方だったんだけれど」

「こっこれでですか!?」

(だとしたら、クラウス様が本気を出したら私はどうなってしまうのですか!?)

恐ろしくて聞けなかったジネットは、代わりにごくりと唾を呑んだ。

そんなジネットの気持ちを知ってか知らずか、クラウスはまだ頬を赤らめている。

「ふぅ……。今までも散々我慢してきたけれど、一度でも蜜の味を知ってしまうと耐え難いな。この状態で毎日我慢はもうできない気がする。……よし、こうなったら一日でも早く結婚式を挙げてしまおう。押さえた式場、お金を積めばきっと無理矢理にでも早めてもらえるはずだ……！」

（あの、クラウス様。なんだかとても不穏な話に聞こえるのですが気のせいですか……⁉）

憑《と》りつかれたようにぶつぶつと呟くクラウスを心配そうに見ながら、ジネットはふとあることを思い出した。

「あっ、そういえば！」

ぱちん、と手を叩くと気づいたクラウスがこちらを見る。

「ん？　どうしたんだい？　今すぐふたりで式を挙げる気になった？」

「どうしてそういう話になったのですか⁉　えっとそうじゃなくて、とあるおうちにダイヤモンドを売りに行きたいのですが、構いませんか？」

「とある家？　一体どこに？」

「それはですね――」

言って、ジネットはクラウスに囁いた。

最終章　彼女からの贈り物

ここは王都から少し離れた、のどかな荘園。

「――おい」

あたたかな日光が燦々《さんさん》と降り注ぐ中、遠くからアリエルを呼ぶ不機嫌そうな声が聞こえてきた。

が、アリエルはちらりとそちらに目線をやっただけで、すぐにまた聞こえなかったことにしてじょうろを傾ける。小さな穴からちょろちょろと出た水は栄養たっぷりの花壇に染み込んで、濃い茶色の染みを作った。

「おい、お前だ。返事をしろ」

アリエルが無視を決め込んでいることにしびれを切らしたのか、氷のような冷たい美貌を持ったアリエルの夫――バラデュール侯爵ベルナールがイライラしながら言った。

ザッと真後ろに立たれて、アリエルはようやくハァと息を吐きながら振り返る。

「残念ながら私は『お前』なんて名前ではございませんので返事をいたしません。御用があるのでしたら『アリエル』とお呼びくださいませ」

つん、と顎を尖《とが》らせてつっけんどんに言うと、ベルナールはムッとしながらもきちんと言い直す。

「アリエル」

「はいなんでございましょうか旦那様」

その声は冷たいほど淡々としており、あくまでも妻としての義務で返事をしているという姿勢を崩さない。

――それもそのはず。

借金のカタに売られたアリエルは、このバラデュール侯爵家では散々な扱いを受けて来たのだ。

しかもアリエルを無視する筆頭に立っていたのは他でもない、ベルナール自身。

それならこっちも好きに生きてやるわと開き直ったアリエルだったが――ここ最近、どうも夫の様子がおかしいのだ。

なぜかやたら晩餐《ばんさん》をともにしたがるようになったり、無表情のくせにやたら話しかけてくるようになったり、不可解な行動をとり始めるように。

(どんな心境の変化があったか知らないけれど、気持ち悪いことこの上ないわ。一体何が狙いなのかしら)

警戒するアリエルの前で、ベルナールがぶすっと言う。

「これをやる」

言いながらずい、と突き出したのはベルベットの小さな箱。

「……?　なんですの、これ」

「いいから開けてみろ」

その後もしつこくベルナールが「ん!」と手を突き出してくるので、アリエルは仕方なくじょうろを置いて受け取った。それから渡された小箱をぱかっと開けると――。

「……指輪？」

出てきたのは、銀色の指輪だった。輪の部分に、丸くてキラキラと輝くダイヤモンドらしき石が埋め込まれている。

「……結婚指輪を作っていなかっただろう。だから作ったんだ」

そういって腕を組んだベルナールの左手薬指にも、アリエルがもらった指輪とよく似た指輪が輝いていた。

「……どうもありがとうございます」

（今さら結婚指輪なんてどういうつもり？　結婚式だって初夜だってなかったのに、今になって世間体でも気にし始めたのかしら？）

言うや否や、ベルナールが小箱をひったくった。それからどこかたどたどしい手つきで指輪を取り出すと、アリエルの左手を摑《つか》んで指輪をはめる。

「ほら、つけてやる」

「……どうだ、ぴったりだろう」

その顔はどこか満足げだ。

「はぁ……ありがとうございます……」

とりあえずお礼は言ったものの、夫の不可解な行動にアリエルはますます眉をひそめるばかり。

「でもなぜ急に？　指輪のような贅沢《ぜいたく》品は絶対に買わないと言っていたのはあなたですわよね？」

アリエルがベルナールに会った初日、彼は開口一番にこう言っていた。

『お前に使う金はない』

と。

（なのになぜ今になって？）

いぶかしむようにじぃっと見つめていると、ベルナールがやや頬を赤めて咳払《せき》いする。

「そ、その……破格で売ってくれるという商人が現れたから、その価格ならまあいいだろうと思って買ったのだ。指輪をしていないと、女避《よ》けにならないと気づいたしな」

「ふぅん……？」

「なんだその顔は。疑っているのか？　それとも偽物を摑まされていないか勘ぐっているのか？」

冷たい視線を向けるアリエルに、ベルナールが弁解するように言う。

「だがどちらも心配いらない。その商人は王都でも有名な人物で、赤毛の女商人という特徴だってちゃんと一致していたのだから」

〝赤毛の女商人〟。

その単語に、アリエルはぴくりと反応した。

「赤毛の女商人……？」

「そうだ。なんでも彼女いわく、今ダイヤモンドの売り出し期間中で、さらに我がバラデュール侯爵家と懇意にしたいから、特別な価格で売ってくれると言っていたぞ」

（まさか！）

「あの、その方のお名前は⁉」

急に食い気味に身を乗り出したアリエルに、今度はベルナールが眉をひそめる番だった。

「なんだ急に……さっきまでとは全然反応が違うでないか」

「いいから！　お名前を！　お名前を教えてくださいませ！」

ぐいぐいと、アリエルは今までにないぐらい彼に詰め寄った。気圧《けお》されたベルナールが目を白黒させながら答える。

「名前はなんだったかな……。そういえばお前と同じ名字をしていた気がするぞ？　ファーストネームは確か――」

「もしやジネットでは！」

被せるようにしてアリエルは叫んだ。言葉を奪われたベルナールが、きょとんと目を丸くする。

「……なんだ、知っていたのか？」

（やっぱり、お姉様だわ！）

自分の予想が当たっていたことを知って、アリエルは嬉《うれ》しそうにくすくす笑った。

そばではベルナールが「なんでもだな、そのダイヤモンドという宝石には――」と何かうんちくらしきことを語っていたが、それにも構わずアリエルは笑い続ける。

（ベルナール様は私に興味なんてないから、きっとその女商人がお姉様だなんて、気づかないでしょうね）

でも、それでいいのだ。

ジネットがアリエルの義姉ではなく女商人としてやってきたということは、きっと何か意味があるのだろう。

(そうよね？　お姉様)

心の中で語り掛けながら、アリエルは薬指につけられた指輪をかざした。

太陽の光を受けて、はめ込まれたまあるいダイヤモンドはキラキラ、キラキラと、まるでアリエルの行く末を祝福するように七色の光を放っていた。

それはジネットからの、遠回しな贈り物。

——ちなみにアリエルがダイヤモンドに込められた〝永遠の輝きをあなたに〟という意味を知るのは、もう少しだけ先の話だ。

書き下ろし短編　アリエルの婚姻

バラデュール侯爵家は誰ひとりとしてアリエルを歓迎していない。

それが、決死の覚悟で侯爵家にやってきたアリエルの感想だった。


大きくて広い玄関。

磨き抜かれた大理石の床。

そこかしこに並ぶ、高級そうな調度品。

けれど建物の豪華さとは反対に、ずらりと並んだ使用人たちの表情は一様に冷たい。

何より、最後に現れてアリエルを出迎えた黒髪の男は、汚物《おぶつ》でも見るかのような蔑《さげす》みの眼でこちらをにらんでいた。アリエルがひく、と口元を引きつかせる。

（この人は……バラデュール侯爵の息子かしら？　まあ、自分より年下の義母が来たら、そりゃあ気に入らないわよね）

見たところ、息子の年齢は二十四、五ぐらいだろうか。

年の算段をつけながら、アリエルは一応淑女らしくドレスをつまんでお辞儀をした。

「アリエルです。どうぞよろしくお願いいたしますわ」

けれど息子の方は、アリエルをじっとにらんだままうんともすんとも言わない。

気まずくなったアリエルは、ちらりと彼の顔色をうかがった。それから尋ねてみる。

「……あの、侯爵様はどちらに？」

色欲と呼ばれるバラデュール侯爵に会うのは嫌だったが、どうせ引き延ばせるものでもないのだ。だったらさっさと夫になる老人に会ってしまいたい。

そんなアリエルの問いに、しぶしぶと言った様子で息子が口を開く。

「……バラデュール侯爵は私だ」

「えっ⁉」

思わず声が出てしまい、アリエルはあわてて口を押さえた。

（彼がバラデュール侯爵⁉　でも、侯爵は六十を過ぎていたはずじゃなかったの⁉）

そんなアリエルの心の声を読んだのか、侯爵がぶすりと説明する。

「私はベルナール・バラデュール。父、前バラデュール侯爵はつい最近亡くなった。だからお前には代わりに、私の花嫁となってもらう」

口調と表情からして、嘘《うそ》でも冗談でもないらしい。アリエルはぱちぱちとまばたきをした。

（嘘……本当に？　じゃあ私はあの色欲に嫁《とつ》がなくてもいいっていうこと⁉　そんな運のいいことがあっていいのかしら！）

アリエルは信じられない気持ちで、目の前の〝夫〟と名乗る人物をよく観察した。

身長は、クラウスよりやや低いぐらいだろうか。体に無駄な贅肉《ぜいにく》はなく、優雅ながらも引き締まっている。硬質な輝きを放つ黒髪は後ろでひとつに束ねられ、きりりとした鋭い目元に浮かぶのは氷のようなブルーの瞳。

クラウスのような甘さや華やかさはないものの、ひとつひとつのパーツは美しく整っている。それは美男と呼んでも差し支えないくらいだ。

(この人が私の夫に?)

アリエルは信じられない思いでぱちぱちと目をしばたたかせる。

(これならもしかして、諦めていたまともな結婚生活を送れるかも……)

そう思いかけた、その時だった。

彼が出迎えた時のような軽蔑の籠《こ》もった瞳で、ぎろりとアリエルをにらんだのだ。

「だが勘違いするな。私は仕方なく妻として迎えただけで、お前を愛する気などない!」

怒気を孕《はら》んだよく通る声が玄関中に響き渡る。

「それにお前の噂《うわさ》はしっかり聞いているぞ。社交界で姉の悪評をまき散らし、さらに泥棒のようなことをしていたと!」

侯爵の言葉に、フッとアリエルの瞳から光が消えた。

(そうよね。やっぱりその噂は知っているわよね。まあ私の自業自得だけれど……)

厳しい顔で、夫となる侯爵はなおも続ける。

「そんな女がバラデュール侯爵夫人だというのは腹立たしいが、まあ名だけでもいないよりはましというものだ。だが忘れるな。お前は借金のカタに売られた私の所有物。衣食住だけは提供するが、お前に使う金はない。くれぐれも贅沢《ぜいたく》できると勘違いするなよ！」

どうやらアリエルは、結婚前から既にとことん嫌われているらしい。

（そんなに嫌いなら結婚しなければいいのに……。所有物としてどんな扱いをしてもいいと思っているのなら、ある意味父親そっくりよ）

ぎゅっと手でスカートを握る。心の中に広がるのは苦い気持ちだ。

でも。

（……こんな時、お姉様ならきっと）

頭の中に浮かぶのは、見送ってくれた義姉ジネットの顔だ。

鮮やかな赤毛に、緑がかった灰色の瞳。

いつどんな時もめげない、明るいその人の笑顔。

アリエルの伏せかけていた顔が上がる。

その瞳は落ち着きを取り戻していた。

（お姉様ならきっと、結婚相手が同年代になって素敵ね！　って言うかも）

夫となる新侯爵は横暴な上に、アリエルを毛嫌いしている。

でもこの様子なら、少なくともアリエルの体を好き放題してくることはないだろう。それどころか浮かべている表情からして、指一本触れてこないかもしれない。

（だとすると、すごく悪い話というわけでもないわ）

そう考えて、アリエルはもう一度お辞儀をした。

「わかりました、侯爵様」

「いいか。家の中で私に話しかけることを禁ずる。何かある場合は執事を呼べ」

「わかりました」

「それから領地の外に出ることを禁ずる。知らない男の子どもを孕まれては困るからな」

「わかりました」

アリエルが従順にうなずいているのを見て、ようやく彼は満足したらしい。

さっさと背を向けると、ひとりでどこかへ消えてしまう。

それと同時に、使用人たちもまるでアリエルなど最初からいなかったかのようにサーッと散って言った。

「奥様」

唯一話しかけてきたのは、硬い表情をした若い侍女だ。

「お部屋にご案内します」

「ありがとう」

けれどアリエルがお礼を言っても、彼女はにこりとも笑わなかった。

すばやく手荷物を抱えると、さっさと歩いて行く。アリエルはあわてて追いかけて行った。

「……あの、ここが私の部屋?」

やがて案内されたのは、広々とした――屋根裏部屋だった。

足元を何かがササササッと横切っていって、アリエルが「きゃあっ！」と声を上げる。ネズミは苦手なのだ。

見回せば、部屋のあちこちには蜘蛛《くも》が巣を張っていた。床には埃《ほこり》がつもり、唯一ある寝台も見るからに埃っぽい。

試しに置かれた茶色い木の机に触れると、アリエルの指にびっしりと埃がくっついてきた。

「げぇ……」

「ここが奥様の部屋です。それでは」

アリエルが顔をしかめる横で、侍女はドン！　と大きな音を立ててアリエルの荷物を床に置いた。かと思うと彼女は踵《きびす》を返し、さっさと部屋を後にしてしまう。

「……ははぁ、なるほど」

侍女の態度を見て、アリエルが察する。

（つまりこれは、私に対する嫌がらせってことね？）

なんて陰湿なの……とため息をつきかけて、アリエルは思いとどまった。

嫌がらせで言うのなら、長年母と一緒になって義姉のジネットをいじめてきた自分の方がよっぽど陰湿だと言うことに気付いたのだ。

おまけにいじめるだけでは飽き足らず、社交界でジネットの悪評まで流している。

（……まあ嫌われるのはしょうがないかも。だって自業自得だもん）

はぁとため息をついてから、持ってきた鞄《かばん》に近寄った。それから中に手を入れて、ガサゴソと何かを探す。

「えっと確か、この辺りに入れたはず……あった！」

そう言って嬉々《きき》として取り出したのは、ジネットが開発した伸縮自在のはたきだった。

実は出立の際、ジネットはこれでもかと目を潤ませながら、

『よかったらこれを持っていって！　全部すごく便利だから！』

と、アリエルにいくつかの商品を押し付けていたのだ。

「もらった時は正直邪魔だしどうしようかと思ったけれど……これ、使えそうだわ」

言うとアリエルは適当なスカーフを引っ張り出して髪を結い上げた。

それからポケットが山ほどついた、これまたジネットからもらった多機能エプロンなるものも身に着けると、屋根裏部屋の中をきょろきょろと見渡す。

「……あったわ！」

それは部屋の隅に置かれたほうき、雑巾、それから木桶《おけ》といった掃除道具だった。

「屋根裏部屋ならあるかなと思ったのよね」

アリエルは窓を開けると、ためらうことなくほうきを握った。

（まずは高いところから……と言いたいけど、汚すぎるから先にこっちからやってしまいましょ）

実はジネットが家を出て使用人たちも逃げ出してから、アリエルはずっと家の掃除を任されていた。というよりも誰もやる人がいなかったため、見かねたレイラに命令されてやるようになったというのが正しい。

最初は「どうして私がこんなことを」としぶしぶやっていたものの、無心になってやっているうちに意外にものめり込んでいった。

汚かったものが綺麗《きれい》になるのは、それだけでなかなか気持ちいいことなのだと発見したからだ。

そうして気付けばアリエルは、すっかり掃除そのものが好きになっていた。

(これだけ汚いと、掃除のしがいがありそうね)

ほうきの先で蜘蛛の子を蹴散らしながら、アリエルが勢いよく部屋中を掃いていく。

ザッザッという音とともに大量の埃が舞い上がるが、アリエルは気にしない。むしろこんもりと積もった埃を見るのが楽しいくらいだ。

やがて床の掃除が一通り終わると、今度はジネットがくれたはたきを手に、窓や窓枠に手を伸ばしていく。

(うわ！　すごい！　お姉様がくれたこの伸縮はたき、高いところにも椅子なしで手が届いちゃうじゃない！)

パタパタと窓枠の上を掃除しながらアリエルが感動する。

(それにこのエプロンも、大量のポケットがついているから便利だわ)

掃除が終わったらはたきは細長いポケットに入れておいて、代わりに違うポケットから雑巾を引っ張り出して窓を拭く。

(エプロン自体も〝うぉっしゃぶる仕様〟とお姉様が言っていたわね。汚れること前提で、その代わり何回洗濯しても大丈夫な素材で作られているとか言っていたわ。よくできているのね……)

思い出しながらアリエルは感心した。

ただ普通に令嬢をやっていた時代には気づかなかったが、ジネットの開発した商品はものすごく便利な代物が多かったのだ。

特に掃除の面においては、絶大な効果を発揮するものが多い。

（…………お母様と私がいつも掃除を押し付けていたからかしら……）

ちょっと嫌な事実に気付いて、アリエルはまた気まずくなった。

が、すぐにその考えを頭から振り払って、もくもくと掃除を続ける。

やがてとっぷりと日が暮れる頃には、部屋はぴかぴか……とは言わないでも、だいぶ清潔感がただよう部屋になっていた。

「ふぅ！　ひとまず、こんなものじゃない？」

ぱんぱんと手をはたきながら、さっぱりと片付いた部屋を見回す。

部屋の隅に集めた埃は後で捨てるとして、アリエルが掃き清めた屋根裏部屋はすっかり綺麗になっていた。

「やっぱり腐っても侯爵家ね。屋根裏部屋だけど、置いてある家具は意外と立派！　ベッドだって質のいいものを置いているわ」

言いながらアリエルはベッドをぽんぽんと叩《たた》いた。木の板でできたベッドの上には藁《わら》ではなくちゃんと羊毛で作ったベッドマットが敷かれている。

わざわざアリエルを汚れた屋根裏部屋に押し込んでおいて、ご丁寧にベッドマットだけいいものを用意……とは考えにくかったから、きっとこの家では羊毛のベッドマッドが当たり前なのだろう。

（やっぱり侯爵家ってお金持ちなのね）

なんて感心していると、トントントン……と誰かが階段を上がってくる音がした。

「お食事です」

先ほどアリエルをこの部屋に連れて来た若い侍女が、ぶすりとした顔で盆を抱えていた。

彼女は綺麗になった部屋に気付いて一瞬ぴくりと眉を動かしたが、特に何も言わずガチャンと机に盆を置いた。かと思うとさっさと立ち去っていく。

アリエルの反応はどうでもいいらしい。

載せられた品を見て、アリエルは目を丸くした。

そこにあったのは、湯気の立ったスープにサラダ、それからやわらかそうなパン。

侯爵家の食事としてはいささか質素ではあるものの、たまねぎ色に澄んだスープはいい匂いをただよわせており、野菜も見るからに新鮮そうだ。

「てっきりこう、もっと腐った食べ物を出されたり、あるいはご飯を抜かれたりするかと思ったのに」

どちらも過去、アリエルが母と一緒になって義姉ジネットに行った嫌がらせだ。

思い出してアリエルはまたうめいた。

（うう。お姉様からは一度だって責められたことはないのに、今になって自分でこんなに苦しむなんて。こういうのを〝黒歴史〟って呼ぶんだって、前にどこかのご令嬢が言っていた気がするわ！）

羞恥《しゅうち》にもだえながらも、アリエルは席についた。透き通ったスープをひとくち含んでみると、それは見た目に違わずおいしく、濃厚な野菜の甘みが口に広がる。

「おいしい……ちゃんとおいしいわ……！」

どう見ても侯爵家全体がアリエルを嫌っているのは間違いないのに、食事はちゃんとしたものを出してくれるなんて。

「……ここの人たちは、いい人たちなのかも。だってよく考えたらこんな悪女相手にも羊毛のベッドマッドをくれるし、ご飯はおいしいし、全然いい感じだわ！」

お腹が満たされるにつれ、アリエルの気持ちも前向きになってくる。

「旦那様は言っていたわね。『贅沢はできると思うなよ』と。でもそれって裏返せば、贅沢しなければ何してもいいってことじゃない？　なら……」

気付いて、アリエルはパッと顔を輝かせた。

「私、自由ってことじゃない！」

◆

翌日。

「お食事の時間です」

怒っているような声に叩き起こされて、寝ていたアリエルはがばりと起き上がった。

見れば、またあの仏頂面の侍女がお盆を抱えている。彼女は今回もアリエルの返事を待たずにガチャン！　と机にお盆を置くと、怒ったように立ち去ろうとする。

「待って！」

アリエルはあわてて呼び止めた。

だが侍女は何も聞こえなかったかのように歩みを止めない。アリエルは急いで叫んだ。

「顔を洗うお水が欲しいの！　それに体もベトベトだから洗いたくて！」

その言葉に、侍女は「チッ」と舌打ちをした。かと思うとめんどくさそうに、

「お水が欲しいのならどうぞご自分で取ってきてください！」

と言い放って去って行ったのだった。でも、アリエルだってへこたれない。

「……じゃあ自分で取ってこようかしら？」

そう言うとアリエルは、軽い足取りで屋根裏部屋の階段を下りて行った。


（多分、この辺りよね？）

バラデュール侯爵家本邸から少し離れた建物。そこにあるのは使用人たちの仕事部屋だ。

アリエルは道行く使用人たちに怪訝《けげん》な顔で見られながら中に入った。

厨房《ちゅうぼう》、貯蔵室、パン焼き室と続いて、アリエルの目当てである洗濯室。

中では使用人たちが忙しそうに洋服を洗っている。

アリエルはすぅっと息を吸うと、中にいた中年女性に声をかけた。

「こんにちは。あの、体を洗いたいの。お水を少し分けてくださらない？」

（こ、こういう話し方でいいのかしら……！）

今までアリエルは、使用人たちに対して〝命令〟したことがない。

とか、

『ちょっと！　早くお水を持ってきて！』

とか。

『言われる前に持ってきてちょうだい！』

けれどその態度をバラデュール侯爵家でやったら、多分、いや間違いなく聞いてはもらえないだろう。

だからアリエルは、義姉ジネットの態度を真似することにした。

優しく、にこやかに、怒らずに。

（……実際お姉様はもっと元気いっぱい！　って感じだったけれどそこまでは真似しなくてもいいわよね⁉）

アリエルに気付いた中年女性が「なんだい？」とうるさそうに顔を上げ、それからぎょっとした顔になる。

「おっ、奥様⁉」

まさかアリエルが自らやってくるとは思わなかったのだろう。

一瞬の間に、彼女の顔には様々な表情が浮かんだ。

悪女だと聞いているであろうアリエルに対する嫌悪。どうしてここにという戸惑い。そして、命令を聞くべきかどうかの葛藤《かっとう》。

「………………お、お水ならあちらにありますので勝手にどうぞ！」

悩んだ末に彼女が出した結論は、アリエルを部屋に案内してくれた侍女同様、無愛想に接するというものだった。

「ありがとう。なら勝手にさせてもらうわ」

アリエルはにこっと微笑むと、そばに立てかけられていた桶を持った。そこに水を入れ、ちょうどタイミングよく沸いていたポットからお湯も少しもらう。

「あっ、このタオルも借りるわね」

畳まれ、これから本邸に運ばれるのを待つタオルもついでにひとつもらった。

女性はあぜんとした顔でこちらを見ていたが、アリエルは気にしない。

（旦那様は言っていたもの。衣食住は保証するって。勝手にしてとも言われたし、これは泥棒には当たらないわよね？）

少しだけドキドキしながら、アリエルは桶をなんとか自分の部屋まで運んで行った。

水の入った桶は重かったものの、体を清められたことで少しだけほっとする。

ルセル家から持ってきた服に着替えながらアリエルは思った。

（お風呂は少し不自由だし家は屋根裏だけど、こっちの方が気楽かも。だってお母様の八つ当たりを受けることもないんだもの）

義姉ジネットにいつもイライラしていた母レイラ。

その母に売られたことを思い出して、一瞬ずきりと心が痛んだが、アリエルはすぐに首を振る。

今さら気にしてもどうしようもないのだ。それからそばにあったジネット製のはたきを握る。

「さっ！　昨日やれなかったところをもう少し掃除しよっと！　それが終わったらお散歩にでも行こうかしら？　さすがに歩いているだけなら、怒られたりしないわよね？」


そうしてひっそりと、アリエルの新生活は始まったのだった。


「――お疲れ様、タバサ。今日もお湯をもらっていくわね」

言いながら、アリエルはここ数日そうしてきたように、てきぱきと自分用の桶を手に取り始めた。

タバサというのはこの間アリエルに「勝手にどうぞ」と言ってくれた女性で、この洗濯室を取り仕切っているらしい。

タバサや他の使用人たちがこちらをじろじろと見つめてくるが、アリエルは気にしない。

それよりも、タオルを取ろうとして、手に持っていたものを思い出した。

「あっ。そういえばこれを渡そうと思っていたの。お姉様にもらったものなんだけれど、よかったら使う？」

「な、なんですか？　これ……」

タバサが、さっき以上に怪訝な顔でアリエルの持っているものを見つめる。

――アリエルが差し出したのは、大量の洗濯ばさみが付いた謎の木枠だった。四角い木枠にはハンガーのようなフックが付き、さらに等間隔で洗濯ばさみがびっしりと並んでいる。

「お姉様が言うにはね、これは〝洗濯ばさみハンガー〟と言うのですって」

「洗濯ばさみ……ハンガー？」

見慣れないものにタバサたちが目を細める前で、アリエルは桶を置くと、近くの物干しロープに近寄っていった。

「まず、このハンガー部分を物干しにかけるでしょう」

それから、そばに置いてあった濡《ぬ》れた靴下を手に取る。

「そしたらこの洗濯ばさみで小さい物を干していくの。そうすると――」

ぱちん、ぱちん、ぱちん。

「お、おぉ……!?」

アリエルがそばにある小さな洗濯物をどんどん干していくと同時に、そばで見守っていたタバサたちの目が驚きに見開かれる。

「ほら、見て！　この器具で靴下がぜーんぶ干せちゃうのよ！」

得意げな顔でアリエルは言った。

目の前にあるのは、小さな空間に整列したかのように、ずらりと綺麗に並ぶ靴下たち。

「これはすごいねぇ！　あれだけの量の靴下が、全部ここに納まっちまってるよ」

「しかもこの大きさなら……雨の日でも部屋の中で使えるんじゃない!?」

「ねぇ、空いた場所にあたしの服干してもいい？　昨日泥かぶっちゃって、ちょうど洗いたかったの！」

キャッキャッと女たちが目を輝かせながら〝洗濯ばさみハンガー〟に群がってくる。

その様子を、後ろで腕を組んだアリエルが得意げに見ていた。

（ふふ……便利でしょうそれ。実は手紙で『洗濯は自分でしている』って書いたら、お姉様が送ってくれたのよね）

タバサたちの反応を見るに、気に入ってくれたようだ。

ならあげて正解だったわね、と思いながらタオルを手に取ろうとした時だった。

「奥様！」

「ひゃい！」

突然呼ばれてびくりとする。

振り返ると、タバサが腰に手を当ててこちらをにらんでいた。無愛想にされるのはいつものことだが、にらまれるのは初めてだ。

（えっ、うそ。なんかまずいことしちゃったかしら？　プライド、傷つけちゃった？）

すごまれて、だらだらと冷や汗が流れる。

そこへ、まるで何かをよこせと言わんばかりにタバサが手を差し出した。

「ん！」

「え……？　も、もしかしてもう一個欲しいってこと？　でもごめんなさい、それ一個しか持っていなくて」

「そうじゃなくて！」

怒ったように言って、タバサがずかずかとアリエルに歩み寄ってくる。かと思うと。

「きゃっ！」

持っていた桶をひったくられた。

「……え」

ぽかんと見つめるアリエルの前で、タバサがてきぱきと水とお湯を足してちょうどいいお湯を作っていく。それからもう一度すごむ。

「ぼーっとしてないで、さっさとお部屋に戻りますよ！　お湯が冷めちまいます。それとも湯あみ、したくないんですか⁉」

「しっします！　湯あみ、します！」

「ならついてきてください！」

言うなりのっしのっしと、タバサが肩を怒らせて歩いて行く。

わけもわからず、アリエルは急いでタバサについていこうとした。それを使用人たちがくすくす笑いながら見ていたかと思うと、ひとりの若い女性がそっとアリエルに囁《ささや》いた。

「タバサさん、これからは奥様の湯あみの準備をしてくれるって言っているんですよ」

「え、そうなの……？」

「それからそこのお前！」

くるりと振り向いたタバサが、先ほど空いた場所に服を干したいと言った女性を指さす。

「空いたスペースに干していいのは今日だけだよ。今後、その場所には奥様の服を干さなきゃいけないからね！」

「あれは、明日から奥様の洗濯物はあたしたちが洗いますって言っているんです」

「そうなの……？」

急なことに、アリエルがぱちぱちと目をしばたたかせた。

「でも道具をあげただけなのに、それだけでこんなに優しくしてもらってもいいのかしら」

アリエルが呟くと、若い女性はくすくすと笑った。

「何言っているんですか。そもそもあなたはこの家の奥様なんですよ？　……まああたしたちも、とんでもない悪女が来るって聞いていたし、旦那様も本邸のメイドたちも毛嫌いしているって聞いたから遠巻きに見ていましたけれど……」

今さら驚くことではないが、やはりアリエルは嫌われていたらしい。

「でも優しくしてくれた人に冷たくするほど、バラデュール侯爵家の人間は恩知らずではないんですよ」

そう言って名も知らない女性はにっこりと笑った。

それは、バラデュール侯爵家に来て初めてアリエルに向けられた笑みだった。

◆

それから数日後。

「……奥様、何をしていらっしゃるんです？」

そう怪訝に聞いてきたのは、アリエル付きの無愛想な侍女――なんとか聞き出したところによれば、名前はベスと言うらしい――だ。

「えっもしかして私に話しかけているの？」

「他に誰がいらっしゃいますか？」

アリエルが焦ったようにきょろきょろと部屋を見回すと、ベスがうんざりしたように言った。

「そうよね。ごめんなさい、あなたから話しかけてくるなんて初めてだから」

この屋敷にやってきて早半月。

今朝はアリエルが実家から持ってきたドレスにジョキジョキとハサミを入れていたら、怪訝な顔のベスが話しかけてきたのだ。

「話しかけもしますよ。なぜドレスを切り刻んでいるのですか？　おかしくなってしまわれたのですか？　それともおかしくなったふりをして、侯爵家の名を貶《おとし》めるつもりですか？」

食ってかかられ、アリエルは肩をすくめる。

「違うわ。このドレス、パーティー用に持ってきたんだけれど、どうせ私がパーティーに出ることはないんでしょ？　だったら普段着に改造しようと思って切っていただけ。やり方はタバサに教わったから」

「タバサに？」

ベスの眉間に皺《しわ》が寄る。

あの〝洗濯ばさみハンガー〟の一件以来、タバサはツンツンしながらも何かと優しくしてくれるようになったのだ。元々面倒見のいい人のようで、湯あみや洗濯のことはもちろん、屋敷のことや生活のことも色々と教えてくれた。

アリエルが思い出しているそばでは、ベスが厳しい顔のまま立っている。

「……洗濯女たちに何を吹き込んだのかは知りませんが、私たちはあなたが悪女だということを知っていますよ。媚《こ》びを売っても無駄です」

「はいはい。知っているわ。それより続きをしてもいい？」

この頃には、アリエルもすっかり自分に冷たくしてくるメイドたちの扱いに慣れていた。

（これもタバサに教わったおかげね）

タバサいわく、本邸に仕えるメイドたちは皆主人愛が強く、バラデュール侯爵の言うことは絶対なのだという。

そのため侯爵に嫌われているアリエルのことを強く敵視しているのだとか。

（まぁ私にはどうでもいいことね）

夫である侯爵は、あいかわらずアリエルに冷たい。

というよりも完全にいない人として扱われているらしい。

時折屋敷内でちらりと見かけることはあるものの、正式に会うことは初日の顔合わせ以降一度もなかった。

(おかげでのびのびできるからいいけど)

今日は服の手入れを終えたら、タバサたちが教えてくれた薔薇園《ばら》に散歩に行くつもりだ。

バラデュール侯爵家の薔薇園は貴族たちの間でも有名だから、密かに楽しみにしている。

(できたら薔薇の花をお土産に持って帰れないかしら? でもタバサなら、花よりお姉様製の石鹸《せっけん》をくれと言いそうね)

なんてことを考えながら作業を終えると、アリエルは早速本邸そばの薔薇園に向かった。

入り口に立った瞬間ふわりとした薔薇の香りに包まれる。

「わぁ……すごくいい匂い」

目の前では、迷路のように入り組んだ薔薇園がアリエルを待ち構えている。

アリエルはすぅうっと胸いっぱいに薔薇の匂いを吸い込むと、小さな籠を持って意気揚々と踏み込んだ。

薔薇園の中は色とりどりの薔薇が香しい芳香とともに咲き乱れている。

白、ピンク、黄色、赤。エリアごとに違う色、違う種類の薔薇が咲いて、まるでおとぎ話の世界に迷い込んでしまったかのようだ。

「すごいわ! この薔薇園に毎日来られるっていうだけで、嫁いできたかいがあったかも」

薔薇を愛《め》でながら、はしゃいだ声を上げる。

それから次の区画を見ようと、アリエルが曲がったその時だった。

「きゃあうっ」

という声がしたかと思うと、突如目の前に小さな男の子が現れたのだ。

「…………えっ」

信じられないものの登場に、ぴたりとアリエルの足が止まる。

「は……え……子ども……⁉」

とてとてと、どこかおぼつかない足取りで薔薇園をさまよう男の子は、アリエルの腰ぐらいまでしか背丈がない。

ころころした赤ちゃんっぽさの残る見た目からして二、三歳ぐらいだろうか？

着ている服はお世辞にも豪華とは言えず、どちらかと言うと農民の子のようなたたずまいだ。

「バラデュール侯爵家の子ども……ではないわよね？　どこかの子どもが迷い込んできたの……？」

アリエルが目を丸くして見つめる前で、男の子はふらふらと薔薇に引き寄せられていく。

「おはな、おはな」

「まっ……て‼　危ないわ！」

何といっても、薔薇には棘《とげ》があるのだ。アリエルが叫ぶと男の子がビクッと震えた。

それから――。

「うっ、うぇぇぇえええええええ‼」

と大声をあげて泣き始めてしまう。

「えっ！　うそっ！　今ので泣くの⁉」

おたおたしながら、アリエルは男の子に駆け寄った。でもそこからどうすればいいかわからず、立ち尽くす。

（ううう！　子どもなんて接したことないのに！　どうすればいいの⁉）

「びぇえええええええええ」

「あっあの、その、ごめん、ね……⁉」

（怖がらせちゃったのなら、とりあえず謝ればいいのよね⁉）

おそるおそるアリエルは話しかけた。

「うえええええええん」

だが男の子は泣き止まない。

（ああもうどうすればいいのよ！　……あ、そうだ！）

考えて、アリエルは急いで籠を取り出した。その中に入っているのは、アリエルが拾い集めた色とりどりの薔薇の花びらだ。

落ちている花びらなら、持って行っても怒られないと思ったのだ。

「ね、見て。綺麗でしょう？　これをね、両手で持って、こうやって……」

言いながら、アリエルは花びらを上に放り投げた。

途端に、ぱっと色とりどりの花弁が舞い上がる。

「わ、う……」

これは効果があったらしい。

頬を涙で濡らし、鼻水でぐじゅぐじゅになった男の子が、ぽかんと口を開けて舞い散る花びらを見つめている。

（よ、よしよし……！　泣き止んだわね！　もう一回）

籠に残っていた花びらをもう一度すくい、空に向かって放り投げる。

「おはな、おはな！」

その頃には、男の子は目をきらきらと輝かせながら花びらを追いかけまわしていた。

丸いほっぺをぷるぷるとゆらし、小さな唇を尖《とが》らせながら、一生懸命花びらを集めようとする。

「んちょ、んちょ」

その姿をアリエルはほっとした気持ちで見つめた。

（よ、よかった。泣き止んだわ〜〜〜！）

これでひと安心……かと思いきや、男の子は花びらを放り投げる遊びが気に入ってしまったらしい。アリエルは「もっかい！　もっかい！」と舌ったらずにねだられるまま、何度も同じことを繰り返した。

そのたびにキャッキャッという嬉しそうな声が上がり、心の底から楽しんでいるのがわかる無邪気な笑顔がふりまかれる。見ているアリエルの気持ちがふっとゆるんだ。

「ふふ……子どもって結構かわいいじゃない」

花びらを撒《ま》きながら、思わず釣られてアリエルもニコニコする。

「ねぇ、あなた名前は？　……まだ言えないわよね。じゃあママかパパは、どこにいるかしらない？」

「まま！　ぱぱ！」

聞いても、男の子はニコニコしながらこちらを見るばかり。……まだ会話が成り立つ歳ではないらしい。

「どうしたものかしら……」

ねだられるまま花びらを撒きながら、アリエルは途方に暮れた。

そこへ、どこからか「ジャック！　ジャーック！」という男性の声が聞こえてくる。すぐにアリエルはピンと来た。

きっと男の子を探している人に違いない。

「おいで。あなたのパパが見つかったかも」

この年の男の子なら、一緒に歩くより抱っこした方が早い。そう思ってアリエルが手を差し出すと、男の子は素直に抱っこされるがままになった。

「うっ!!　見た目は小さいのに、結構重いのねあなた……！」

ずしりと腕にかかる重みを感じながら、アリエルは声が聞こえて来た方に向かって歩き出した。


「この子、あなたの子？」

やがて声の先にいたのは、使用人らしき三十代の男性だった。服装や腰につけているハサミなどからして、恐らくは庭師だろう。

男性が男の子に気付いてパッと顔を輝かせる。

「ジャック！　……ああ、よかった。仕事をしているうちにいなくなってしまって……！　本当にありがとうございます！」

「この子、薔薇園にいてもう少しで棘に触れるところだったわよ。危なかった」

注意すると、庭師はがくりとうなだれた。

「すみません……なるべく見るようにはしていたのですが、仕事をしているとずっと見ているわけにもいかず……」

「この子の母親はどうしたの？」

「それが……」

言って、庭師は説明をした。

いわく、庭師の妻——つまりジャックの母親が、病気で倒れてしまったらしい。

気付くまで時間がかかってしまったため、今は絶対安静の状態。その上感染の恐れもあるということで、ジャックはそばにいられなくなってしまったのだ。

「看病は近所の人がしてくれることになったのですが、ジャックを見てくれる人がいなくて……仕方なく旦那様にお願いして、侯爵家に連れてきているのです」

「侯爵様公認なの？　だったら侍女のひとりぐらい、つけてくれてもいいのに」

仕事をしながらこんなに小さな子どもを見るのが無茶なことぐらい、アリエルでもわかる。それに庭師ならハサミといった刃物も多く、近くにいるから安全というわけでもない。

アリエルが口を尖らせると、庭師は困ったように笑った。

「いいえ、旦那様は妻に医者を呼んでくださいましたから。それだけでも返しきれない御恩です」

「ふぅん。そうは言っても、その状態で子どもなんて見られるの？」

今返したところで、また迷子になったり怪我をする気がする。

アリエルが追及すると庭師は顔を曇らせた。

「それは……」

困惑する父親をよそにちらりと見ると、花びらの件ですっかり心を許したらしいジャックが、にこーっと満面の笑顔でこちらを見る。

その無邪気な笑顔に、アリエルははぁとため息をついた。

「………しょうがないわね。どうせ私も暇だし、あなたがお仕事している間ジャックを見てあげてもいいわよ？」

「えっ⁉　で、ですが、奥様にそんなことをさせるわけには……！」

「じゃあまた迷子にさせたり怪我させたりしたいの？」

庭師がうぐっと声をつまらせる。それを見たアリエルは笑った。

「決定ね。おいでジャック。パパのお仕事が終わるまで、私と一緒に遊びましょ」

「あい！」

手を伸ばすと、なんのためらいもなくジャックはアリエルの胸に飛び込んできた。およそ警戒心というものがないらしい。

（こんなに無邪気だと攫《さら》われちゃわないか心配よ。私がしっかり見張らなくっちゃね）

人助けをする気はないけれど、どうせアリエルは暇なのだ。

ひとりでお花を見て回るのもいいけれど、小さな子どもが一緒にいるのも悪くないかもしれない。

そう思ってのことだった。


……が。


「か、考え方が甘かった……！」

アリエルがぐったりとしながら言った。

そばでは「ぎゃあああああん！」と泣き叫ぶジャックの姿。

ちなみに泣いている理由は、触ろうとした蝶々《ちょうちょう》に逃げられたから。

「二歳のあなたに、蝶々を捕まえられるわけないでしょ……」

「ぎゃあああああああん」

「聞く耳なしね……」

ジャックは地面に寝転がり、のけぞりながら泣いている。しかも。

「うっ……オロロロロロ」

「きゃああああああ!?」

——泣きすぎて吐いたのだ。

アリエルはあわてて窒息しないようジャックをうつ伏せにさせると、すぐさま抱きかかえた。自分の服も吐《と》しゃ物にまみれてしまったが、気にしている場合ではない。

急いで洗濯室に連れて行くと、ぎょっとした顔のタバサに出迎えられる。

「奥様、その子は一体⁉」

「お願い、助けて！　子どもが吐いた時ってどうすればいいの⁉」

幸いタバサは子持ちだったため、ひとつひとつ丁寧に教えてくれた。吐いた時の対処法の他に、ご飯の食べさせ方、お昼寝の仕方、さらにはおしめの替え方まで。

「奥様、庭師にその子を戻したらどうです？　もしくはあたしたちで面倒をみましょうか？　仮にも侯爵家の奥様なんですからそんなことをしなくても……」

「いいのよ。働いているみんなの邪魔をするのも悪いし、何より私は暇なんだもの。これくらい遊びだと思えば楽勝よ。おいでジャック」

それからもアリエルはおっかなびっくり、侍女たちに白い目で見られながらも、なんとかジャックの面倒を見た。

ジャックのお腹が空けば厨房に行って何か食べ物をもらい、ジャックが眠くなれば屋根裏部屋まで連れて行って寝かせる。そしてたっぷり遊び、夕方になったら父親である庭師の元に返すのだ。

一週間もしないうちに、ジャックはアリエルにすっかり懐いてしまった。

アリエルもまんざらではなく、あちこちにジャックを連れて歩くように。

そんなある日のことだった。

アリエルとジャックが侯爵家の庭園で日向ぼっこをしていると、遠くからずんずんと歩いてくる人物が見えた。

すらりと引き締まった肢体に、硬質な輝きを放つ黒髪。氷のような眼差し。

――夫であるバラデュール侯爵だ。

そんな彼の青い瞳が、今は怒りでつり上がっていた。

ザッ、とアリエルの前に立ちふさがったかと思うと、冷たい瞳でこちらをねめつける。

「お前、とんでもないことをしてくれたな」

「な、なんですの⁉」

怯《おび》えながらもアリエルはジャックを抱き寄せた。不穏な気配を感じたジャックがぎゅっとアリエルに抱き付く。

「他の男との子どもを孕むなとは言ったが、まさかもう隠し子がいたとは！　一体どこまで厚顔無恥な女なんだ⁉」

「はあ？」

思わずそんな声が出た。

（隠し子？　……ジャックのことを言っているの？）

あまりにとんちんかんな指摘に、アリエルは呆《あき》れて危うく顎が外れそうになった。

だがぽかんと口を開けたアリエルには気づかず、バラデュール侯爵は続ける。

「その上私が自由にさせているのをいいことに、わがもの顔で敷地内に連れまわすとは！　私がそんな秩序の乱れることを許すと思ったら大間違いだぞ！　この悪女が！」


――ぷちん。


その瞬間、アリエルの中で何かがはじけた。

「ばぁぁぁあああっかじゃありませんの⁉」

「……は？」

すさまじい剣幕に、侯爵がぴたりと止まる。

アリエルはぐいとジャックを守るように抱きしめると、落ち着いた声で言った。

「言っておきますけど、この子は私の子ではなく庭師の子どもです。に・わ・し！　もちろん母親は私じゃありませんよ。だってあなたも知っているでしょう。この子の滞在許可を出したのは私ではなく侯爵様、あなた様ですからね！」

「は……？　庭師……？」

庭師と言う単語に、彼も思い当たるものがあったらしい。必死に何かを思い出そうとしている。

が、アリエルはそれを許さずさらに畳みかけた。

「自分が許可した庭師の子どもの顔を覚えていないのも、さらにそれを勝手に人の隠し子に認定するのも、一体どれだけぼんくらなんですか⁉」

「ぼんくら⁉」

「あとこの機会なので言わせてもらいますけれど、滞在を許可しただけじゃ全然足りてないんですよ！　子どもはお腹もすくし、泣くし、うんこだってするんです！」

「う、うん……⁉」

アリエルの口から出た信じられない単語に、バラデュール侯爵が目を白黒させる。

「こんな小さな子どもを、仕事しながら見られるわけがないじゃないですか。せめて侍女をひとりつけるとかしないといけないのに、そんな簡単な想像もできないのですか？」

辛辣《しんらつ》な言葉に、バラデュール侯爵がうぐっと喉を詰まらせる。

「その上人のことを悪女悪女って……確かに私は悪いことをしましたよ？　ええそれは間違いありません。でもそういう侯爵様はどうなんですか？　借金のカタとはいえ、私は一応あなたの花嫁。にもかかわらず屋根裏部屋に押し込んで冷遇して、それはやっていることが悪女と変わらないんじゃないですか？」

「や、屋根裏部屋……？　待て、それは何のことだ？」

「あら？　ご存じなかったのですか？　だとしたらあなたの管理不行き届きですね！」

言い切ると、アリエルはふーっと肩で息をした。

それからこちらを見ているジャックに気付き、ハッとする。

「……ごめんなさい怖いところを見せたわね。行きましょジャック。こんなぼんくら侯爵に付き合う暇はないですもの」

アリエルはそのままジャックを抱き上げて立ち去ろうとした。

「待て」

だがそこに、額を押さえた侯爵の声がかかる。

「まだ何か？」

アリエルがぎろりとにらむと、侯爵はうめいた。

「今のは……全部事実なのか？　その子が庭師の子どもで……お前は屋根裏部屋に住んでいると」

「事実です。信用できないのなら、全員呼んで確認してみればいいでしょう」

「わかった」

そううなずいたかと思った次の瞬間、侯爵はそばにいた従僕に向かって声を張り上げた。

「すぐに全員呼び集めろ！」


やがて集まったのは、屋敷中の使用人たちだ。

タバサたちはもちろん、アリエル付きの侍女ベスに、なんと他のアリエル付きの侍女までいた。

まったく初対面の人たちばかりで、侯爵から「お前付きの侍女はこれで全員か」と言われた時には、思わず侍女たちの顔をじろじろと見てしまったほどだ。——ちなみに侍女たちはものすごく気まずそうに顔を逸らしていた。

どうやら空気から察するに、ベスひとりにアリエルの世話を押し付けていたらしい。

「庭師よ。この子がお前が言っていた息子か」

「は、はい。そうです。奥様にはよく面倒を見ていただきました……！　奥様にご恩はあっても、非はひとつもありません！」

かばうような庭師の発言に、侯爵が眉をしかめる。それから言った。

「夫人付きの侍女たちよ。お前たちが結託して侯爵夫人を屋根裏部屋に押し込めたというのは本当か？　私はそんな命令をした覚えはないが」

「そっそれは……」

「ベスの独断です！　あたしたちはそこまでひどいことしようだなんて」

「なっ！」

責任を擦《なす》り付けられたベスが信じられないという顔をする。

（ひどいわね。ベスに私の世話だけでなく、罪まで押し付けようとするなんて）

「どうなんだベス。お前がひとりで決めたことなのか？」

「そ、それは……」

問い詰められて、ベスは青ざめた。かと思うとぎゅっと唇を噛《か》んで、諦めたようにうつむく。

「あ、あたしがやり――」

「屋根裏部屋は快適でしたわよ！」

ベスが言い切る前に、アリエルはずいと進み出た。邪魔された侯爵がこちらをにらむ。

「一体何を言いだすんだお前は」

「あら。快適だったから快適だったと言っているだけですわ。それに――さっき侯爵様が紹介してくださった〝私付きの侍女〟とやらですが、私はベス以外の侍女には一度もお世話されたことはありませんよ？　顔だって初めて見ましたけれど？」

アリエルの言葉に、周囲がざわめき立った。侯爵も例外ではない。

「……それは本当なのか？」

「ええ。そうよねベス。私のお世話は全部あなたがひとりでしてくれていたでしょ？」

アリエルの問いかけに、ベスが戸惑いながらもうなずく。

それを見た侯爵は額を押さえ、大きなため息をついた。

「……なるほど、そういうことか。どうやら私の管理不行き届きは、事実のようだな……」

「それからもうひとついいですか侯爵様」

「なんだ」

げんなりした顔で、けれど侯爵はアリエルが発言することを許してくれた。

「侍女たちが私を冷遇したのは事実ですが、それで彼女たちを罰するのはおやめくださいませ。だって、もとはと言えばすべてあなたのせいなんですもの」

挑発的な言い方だった。侯爵が露骨にムッとする。

「私の？　なぜだ」

「だって、そもそもあなたが私を悪女だと言ったじゃありませんか。あの日あなたはみんなの前で私を罵《ののし》り、憎しみをあらわにし、所有物だと言った。ならそれを見ていた使用人たちが、主であるあなたの態度を真似するのは当然のことでしょ？」

その理路整然とした物言いに、侯爵が「っ……！」と言葉を失くす。

「だからあなたは彼らを罰するべきではありませんわ。あなたの落ち度が一番大きいんですもの」

（別に仕返ししてほしいわけでもないしね！）

そう言い放つと、アリエルはつんと顔を背けた。

「わかったならもう解散しましょう！　みんな忙しいんですから！」

「あ、ああ……」

勢いに気圧《けお》されたように、侯爵がうろたえている。

（だいぶ強い口調で言ってしまったけれど、もっと嫌がらせされたりするかしら？　でもまあいいわ！　されたらされたで、また怒ってやるもの！）

ジネットとの一件以来、最近は反省してとてもしおらしくふるまっていたが、元々のアリエルは嬉々としてジネットをいじめるような気の強い人物なのだ。

ある意味眠っていたともいえるアリエルを揺り起こしたのは、皮肉にも侯爵その人だった。


しかしアリエルの心配とは反対に、それ以降もっと嫌がらせされるどころか、逆にアリエルの待遇はどんどんよくなっていく。

まず屋根裏部屋からきちんとした侯爵夫人用の部屋に移され、お詫《わ》びのつもりなのか新しいドレスを何着ももらった。出てくる食事も豪華になり、お風呂も湯が張られたバスタブで入れるように。

「奥様。お風呂で私がマッサージいたしましょう」

そう言って微笑むのは、あの無愛想だったベスだ。まるで別人のような彼女の態度に、アリエルの方が戸惑ってしまう。

「あ、ありがとう……」

どうやら、この間ベスをかばったことが彼女に好かれる原因となったらしい。

（なんだかよくわからないけれど……まあいっか？）

丹念なマッサージを受けながら、アリエルはほぅ……と至福のため息をついたのだった。

◆

（……一体何なんだあの女は⁉）

一方。バラデュール侯爵家当主のベルナールは、イライラと部屋を歩き回っていた。

この間から頭の中を占めるのは、最近迎えた新妻のことばかり。

（母娘揃《おやこそろ》ってひどい悪女だと聞いていたから、名だけの妻に置いても心は痛まないだろうと思っていたのに……まさかこちらの落ち度を指摘されるなんて！）

ベルナールは、悪女アリエルが侯爵家を汚染しないようかなり厳しく接した。

だが彼女はそのことには何の反応も見せず、侍女たちいわく、むしろ悠々自適な生活を送っているのだと言う。

あまりに自由気ままに過ごしているので何か裏があるのでは、とベルナールが怪しんでいたところ、侍女から「隠し子を連れてきている！」という密告が入ったのだ。

そしてそれをやすやすと信じ込み、彼女を叱責したところ——ベルナールの方がとんでもないしっぺ返しを受けた、というわけだった。

「くそっ。侍女たちの言葉を鵜呑《うの》みにした私が馬鹿だった……いや、元はといえば私が使用人たちに『アリエルは悪女だ』と吹き込んだのが悪いのか？　ある意味みんな彼女を色眼鏡で見ることに。……だが悪女は事実のはずだ！」

イラついて、思わず机をどんと叩く。

それからそんな自分に気付いてため息をついた。同時に耳に蘇《よみがえ》る、とある人の言葉。

『だが侯爵よ。悪女だからといってどんな風に扱ってもいいわけではないよ』

（……そう言ったのは、ギヴァルシュ伯爵だったか）

くしゃりと前髪をかき上げながら、ベルナールは思い出す。


——実はベルナールがアリエルを妻に迎えると決めた後に、ギヴァルシュ伯爵家のクラウスがやってきていた。

狭い社交界のため互いに面識はあったものの、それほど仲がいいというわけでもない。

そんな彼はやってくるなり、男ですら一瞬息を呑《の》んでしまうほど美しい笑顔を浮かべてこう言い放ったのだ。

「ルセル男爵家のレイラというご婦人に金を貸しているだろう。もし彼女が借金のカタに赤髪の方の令嬢を差し出しても、絶対に受けないでほしい。僕の婚約者なんだ」

目の前で優雅な笑みを浮かべるクラウスに、ベルナールは眉をひそめる。

「突然やってきて何かと思ったら。この件は貴殿に口出しされる筋合いはないと思うが？　それとも借金を代わりに返してくれるのか？」

「借金の肩代わりは簡単だが、あれは義母となる人が勝手にこさえたものでね。僕の天使――つまり婚約者には関係のないことだから、巻き込んでほしくないんだ。そして僕は義母が大嫌いだから、肩代わりする気はさらさらない」

それを聞いただけで、ベルナールには大体の状況が理解できた。

「なるほど……。厄介な親というのはどの家にもいるからな」

ベルナールとて、社交界で〝色欲〟と呼ばれる父親を持ってしまったせいで散々な目にあってきたのだ。親の業《ごう》を散々背負わされた身として同情する余地がある。

だが、それにしてもひとつ気になることがあった。

「しかし赤髪の方の令嬢とはどういうことだ？　違う令嬢を差し出してきたら、そちらは問題ないということなのか？」

「ああ、構わないよ。そちらは僕の婚約者ではないからね」

クラウスは何のためらいもなくニコリと言い放った。

それはあまりにあっけらかんとしていて、人ひとりの人生がかかっているとは思えないほどの軽さだ。

ベルナールが驚きに目を丸くする。

「……驚いたな。社交界での君はもっとこう、博愛主義者というか、誰にでも優しい印象だったのだが、今の君は驚くほど薄情だな？」

言うと、クラウスがフッと笑った。その瞳に宿るのは冷めた光。

「よく勘違いされるが、僕は決して博愛主義者ではないよ。むしろその逆かもしれない」

「つまり、誰にも興味がないから優しくできる、か」

ベルナールの言葉に、クラウスは微笑んだだけだった。その笑顔は肯定を意味していると受け取っていいのだろう。

（……なるほど。この男はいい子ちゃんな優等生タイプかと思っていたが、実際は紳士の仮面をかぶった腹黒だったってわけか）

だが、ベルナールはそこでにやりと笑った。

意外にも彼は、そういうクラウスのことは嫌いではなかったのだ。

（むしろ優等生タイプより、おもしろい）

「わかった。それならもし貴殿の婚約者が差し出されたら断ろう。女の顔と名を覚えるのは苦手なんだが、確か赤髪だな？」

「ありがとう。感謝するよ。……ところで口ぶりからするに、借金はお金の返済ではなく、娶《めと》る方で考えているのかな？　女嫌いで有名な君が」

聞かれてベルナールはうなずいた。

「借金のカタに娶るというのは父が言い出したことだが、案外有用かと思ったんだ。大した金ではないし、何より君ならわかると思うが、知っての通り我が家は侯爵家だろう？」

「もちろん知っている。君の女嫌いは有名にもかかわらず、秋波《しゅうは》を送る女性が後を絶たないからね。……ああなるほど、つまり〝女避《よ》け〟の花嫁というわけか」

「話が早くて助かる」

賢いのだろう。ベルナールが言おうとしたことを、クラウスはすぐに察したらしい。

「私は女避けという意味で妻が欲しい。だが普通の令嬢を娶っても『子ども』やら『愛情』やらと、夫婦としての義務を求められる。その点借金のカタとしてやってきた花嫁なら、私にそんなことは求められないだろう？」

「一理ある」

「それに……最近社交界に広まっている噂を知っているか？」

ベルナールの言葉に、クラウスがぴくりと反応した。

「噂？　……そういえば最近は仕事に忙しくて、気に留めていなかったな」

「噂はこうだ。『ルセル男爵家のアリエルは、血の繋《つな》がらない姉の持ち物をことごとく盗み、さらに姉の婚約者に横恋慕して、姉のあることないことを吹聴しまくっていた』という話だ。――その姉の婚約者というのがクラウス、君だろう？」

「おや、そこまで知れ渡っているのか……」

目を丸くするクラウスに、ベルナールが「何をとぼけたことを」と笑う。

「君がその噂を流したんじゃないのか？」

「残念ながら僕は白だよ。社交界に得体のしれない噂を流すより、確実にダメージを与えられる人物に告げ口する方が好きだから」

「さらっと言っているが、そっちの方がえげつない気がするぞ……」

悪びれずに微笑むクラウスに、ベルナールがぶるっと震える。

「まあとにかく、そんな悪女なら白い結婚で放置しても、私の心が痛まないだろう？」

「一応そこは良心があるんだね」

「さすがに無実の女性をそんな目に追いやるのは気が引けるからな」

「……まあ君のやろうとしていることに反対はしない。アリエル嬢をかばう義理もないしね。だが侯爵よ。悪女だからといってどんな風に扱ってもいいわけではないということだけは忘れない方がいい」

「もちろん、非人道的なことをするつもりはないさ。名ばかりの妻でいてもらうだけだ」

ベルナールの言葉に、クラウスは何やら考え込んでいる。それからぽつりと呟いた。

「ふむ……。ある意味それも、彼女にとって新しい道になるのかもな……。わかった。なら僕からはこれ以上口出ししないでおこう」

そうしてふたりは握手を交わし、会合を終えたというわけだった。

かつて交わしたやりとりを思い出し、ベルナールが眉をひそめる。

（彼の言う通りなんでもやっていいと思っていたわけではなかったが……だとしてもやりすぎたのか？）

名ばかりとは言え、妻がどこに住んでいるのかも知らず、嘘の情報を確認もせず叱責した。

思い出してベルナールはぎゅっと目をつぶった。

（……さすがに謝っておくか）


ベルナールがアリエルを探しに行くと、なぜか彼女は使用人たちに混じってざぶざぶと洗濯をしていた。

主人の姿に気付いた使用人たちが、あわてて頭を下げる。

「一体何をしているんだ？」

声をかけると、そこでようやくアリエルはベルナールに気付いたらしい。こちらの顔を見て、露骨に嫌そうに顔をしかめる。

「……なんの用ですの」

じろりとねめつけられてベルナールがたじろぐ。

もっと主人らしく、毅然《きぜん》と謝罪するつもりだったのだが、あきらかに嫌われているとわかる眼差しを前に、予定していた言葉がすべて吹っ飛んでしまった。

前回の一件で、アリエルからは思った以上に嫌われてしまったらしい。

「い、いや……それよりお前は何をしているんだ？」

「おしめを洗濯しているんですわ。ジャックはまだ二歳ですから、おしめはいっぱい使うんです」

「おしめ……⁉　そんなものは使用人たちに任せればいいだろう。なぜお前がそんなことを」

使用人の子どものおしめを洗う侯爵夫人など、聞いたことがない。

動揺するベルナールに、アリエルは不愉快そうに首をかしげた。

「私が一番暇だからですわ。……大体なんで今さらそんなことを？　私を一番侯爵夫人扱いしなかったのは侯爵様じゃありませんか」

「そ、それは……」

ベルナールは気まずそうに咳《せき》払いをする。

「……お、お前には、悪いことをしたと思っている。その、住居も確認せず……隠し子などと決めつけたりして」

「別に構いませんわ」

アリエルはあっさりと言った。

「元々私は借金のカタに売られた花嫁ですし、侯爵様の言う通りの悪事をしてきましたから、どういう扱いを受けようとも覚悟の上。むしろ体を好き勝手されなかっただけ、感謝してます。それより、お話はそれだけですか？　そろそろおしめを干したいので離席しても？」

「あ、ああ……」

嫌そうに言われて、ベルナールは面食らった。

（確かに自分の犯した罪は認めているが、本当にこれが噂に聞いていたアリエル・ルセルなのか⁉

予想していた女と、全然違うではないか！）

――話はさかのぼるが、ベルナールの女嫌いは子どもの頃から始まっていた。

父が迎えた愛人、あるいは若い花嫁が次期当主との繋がりを求めて寝室に忍んで来るたびに、彼はその魔手《ましゅ》から逃げ回るはめに陥った。

そして外にいけば、今度は侯爵夫人という地位を狙う貴族令嬢たちが、ギラギラした目を輝かせながら群がってくる。

媚びを売るでろりとした表情に、これでもかとたかれた香水。そして他の令嬢を蹴落とそうと、甘ったれた声で吹き込まれる数々の悪口。

それらのすべてがベルナールは嫌いだった。

（おかしい……俺の聞いた話では、アリエル・ルセルはそのような女たちを集めて煮詰めたような邪悪な女のはずだったのだが……）

ところが実際の彼女はと言えば、平気でベルナールをねめつけ邪険にし、使用人の子どものおしめをじゃぶじゃぶと洗っているのだ。

まるで別人だった。

「お前は……誰だ？　本当にアリエル・ルセルなのか？」

気づけばベルナールは聞いていた。アリエルがまた不快そうに眉をひそめる。

「あなたの名ばかりの妻のアリエルで間違いありませんが？」

「なら、どうしてあのような扱いを甘んじて受けていたのだ？　そもそも借金のカタだからと、物分かりのいい時点でおかしい。悪女なら悪女らしく、もっと暴れるものではないのか？」

「悪女と言ったって人間なんですから、そりゃあ変わることもありますわ」

「だとしたら、一体何がお前をそんなに変えた？」

ベルナールの問いかけに、アリエルが考え込む。

「………………それはやっぱり、お姉様、かしら」

「姉？　……お前が悪口をまき散らしていたあの姉か？」

問いかけると、アリエルはなぜかふわりと微笑んだ。

——それは彼女がこの家に来てから、初めて見せる笑みだった。

洗濯のためざっくりと結い上げられた金髪に、化粧っ気のない素朴な顔。でもその青い瞳は不思議とさっぱりしていて、静謐《せいひつ》な美しさを感じさせる。

ベルナールは不覚にも一瞬どきりとしてしまい、あわててぎゅっと口を引き結ぶ。

「ご存じでしょうけど、私、ずっとお姉様のことをいじめてたんです」

ぽつぽつと、アリエルが語り始める。

「でもお姉様はそんな私にずっと優しくて……本当、頭おかしいんじゃない？　ってくらい優しくて。そのうち私の悪事がバレてどん底になって、しまいにはお母様に売られそうになった時でも、お姉様だけは私に優しくて」

そこでアリエルは一度言葉を切り、まっすぐにベルナールを見る。

「その時に私、気付いたんです。お姉様って、本当はすごく強い人だったんだなって。太陽みたいに私たちのことを照らしてくれていたのは、他でもないお姉様だったんだなって。……そう気づいたら、今までの自分が恥ずかしくなって」

今度は照れたように笑う。

「今さら遅いかもしれないけれど、せめてこれからはお姉様に恥じないような生き方をしたいんです。それだけですわ」

だから侯爵様にも、なるべく迷惑をかけないようにしたいとは思っているんですよ。そう言うとアリエルはおしめを干しに行ってしまった。

ベルナールはそんなアリエルの後ろ姿を、しばらくじっと見つめていたのだった。

◆

「……おかしい」

窓のそばに立ちながら、ベルナールがぽつりと呟く。

執務室の窓からは、ちょうどアリエルがひとりで散歩している庭園が見える。

その姿をじっと見ながら、ベルナールはもう一度呟いた。

「……やっぱりおかしい。どうして彼女からこんなに目が離せないのだ……？」

——あの事件の日以来、アリエルは変わった。

ベルナールには露骨に嫌な顔をするようになり、使用人たちには笑顔を見せるようになった。さらに今まで彼女に冷たく接していた侍女たちも、アリエルを本当の女主人として慕うようになったのだ。

そしてそれは、ベルナールも一緒だった。

気付けばベルナールは、いつもアリエルを目で探すようになっていた。

家を歩いている時はどこかですれ違わないか、執務中ならば、窓から見える庭園に歩いていないか。

そしてひとたび見つけたのならば、彼女が何をしているのかじっ……と見つめてしまう。

その日も無言で見つめていると、そばにいた執事がコホンと咳ばらいをする。

「……旦那様。そんなに気になるのなら直接お話しすればいかがですか？」

「そ、そんなことをしたら仕事に支障が出るだろう！」

「既に出ていると思いますが……」

というぼやきは聞こえなかったことにして、がしがしと頭を搔《か》く。

「ああ、クソッ。一体どうしたというのだ私は……！」

かと思うと、ぐるりと執事の方を向いた。

「……直接話を、と言ったな。直接話をしたら、この気持ちは落ち着くと思うか⁉」

「落ち着くといいますか、さらに盛り上がるといいますか……まあどのみち話してみないことには始まりませんよ。まずは会話をしてみてはいかがです？　あなた方は夫婦なのですから」

〝あなたがたは夫婦〟

その言葉にベルナールの肩がぴくりと揺れる。

「……夫婦、か。そういえば書類上ではもう夫婦だったな」

そう呟いたかと思うと、ベルナールは意を決したように歩き出した。


「おい、お前！」

丹精込められて作られた広い庭園で、ベルナールは歩いていたアリエルに向かって呼びかけた。

が、彼女はこちらをちらりと見はしたものの、またぷいとそっぽを向いてしまう。

「おい、お前だ。返事をしろ！」

「残念ながら私はお前という名前ではありません」

つまり、名を呼べということだ。

ベルナールはぐっと唸《うな》った後に小さな声で言い直した。

「……おい、アリエル」

「はいなんでございましょうか侯爵様」

それは仕方なく言っているのがわかる、義務感たっぷりの返事だ。ベルナールが眉をひそめる。

（違う、そうじゃない）

ベルナールがわざわざアリエルの元にやってきた理由は、こんな投げやりな彼女を見に来たからではない。

（そうか。私が欲しいのは……）

「アリエル。何か欲しいものはないか」

「へ？」

突然の問いに、アリエルが目を丸くする。

「急になんなんですの。もしかしてこの間のお詫びのつもりですか？　それならもう十分いただきましたわ」

「そうではなく……」

（何か欲しいものをあげれば、アリエルが笑うかと思ったのだ）

——それは、彼の中に芽生えた新たな感情だった。

彼女の、アリエルの笑顔が、もう一度見たい。

でもそんなことを口に出す勇気は出なくて、ついでになんでそんなことを思うのか自分でも理解できなくて、ベルナールはごにょごにょと口の中で言葉を溶かしただけだった。

「な、なんだっていいだろう。この私が欲しいものはないかと聞いているんだぞ！」

「なんなんですのその親切の押し売りは」

「ふっ、夫婦だろう。私も反省して少しは夫婦らしいことをしようとだな」

しどろもどろになるベルナールに、アリエルが困ったようにふぅとため息をつく。

「まあ侯爵様がそう言うのなら言う通りにしますけど……」

「それと、侯爵様と呼ぶのはやめろ。夫婦なんだから、ちゃんとそれらしく呼べ」

「ええ、めんどくさいですが……こうですか？　〝旦那様〟？」

「ふっ」

次の瞬間、ベルナールはくるりと後ろを向いていた。

「なんなんですの？　そんなに嫌なら無理することないですのに」

彼の顔が真っ赤になってしまったことには気づかないアリエルが不満そうに言う。ベルナールはあわてて付け足した。

「い、嫌ではないからずっとそれで呼べ！」

「はいはい、わかりましたわ。話はそれだけですか？」

「待て！　まだお前の欲しいものを聞いていない！」

「んもうしつこいですね……。あ、でも一個だけありました」

その言葉に、ベルナールが急いでアリエルの方を向く。

「なんだ」

「チューリップです」

言って、アリエルの瞳がきらりと輝いた。またベルナールの胸が跳ねる。

「願いを叶《かな》えてもらえるなら、チューリップが見たいです。探したんですけれどこのお庭にはないようでしたから。……チューリップだけは特別好きなんです」

そう言って笑うアリエルの笑顔は、まさに満開の花畑のようだった。明るく美しく輝く、ベルナールだけの花畑。

ベルナールは自分が見惚《みほ》れているのにも気付かないまま、いつまでもいつまでも、ぽぉっと妻の顔を見つめていた。
——ちなみにこの時のベルナールはまだ気づいていない。
自分が、名ばかりの妻に恋をしたことに。
そして彼の努力と想いが報われるのは、まだまだ先の話ということに——。

あとがき

こんにちは、宮之みやこです。

この度は『隠れ才女』の第二巻をお手にとってくださり、ありがとうございます。


お気づきの方も多いと思いますが（帯に書いてありますしね！）チューリップのくだりはかの『チューリップバブル』をモデルにお話を作りました。

本当はチューリップバブルの出来事だけ真似て、本作では違う花で書こうかとも思ったのですが……。チューリップの球根という特性や、何より過去人々を魅了した美しさ、神格化までされたひときわ濃ゆいエピソードを持つお花はなかなかなく。下手に花を変えるより、そのまま出した方がいいな！　と思ったのでそのまま登場させました。

史実とはだいぶ違う形にはなってしまったのですが、そもそもチューリップバブルが本当に起こったかどうかも諸説あるので、、ぜひフィクションとしてなんとなくの雰囲気を楽しんでもらえるといいなと思っています！

ちなみに実際はジネットたちのような販売手法を取った人は（参考にした文献には）おらず、実際は酒場での取引がメインだったようです。その辺り実際の歴史との見比べもおもしろいかもしれません。

そして全然めげない義母レイラには、「靴磨きの少年」ならぬ「商売をよく知らない貴族女性」として登場してもらいました。レイラの行く末については当初決めていたプロット通りで、アリエルも本当は修道院に同行するか、貴族の家に侍女として働きに出てもらう予定だったのですが……まさかあんな短編が書き上がるほどになるとは！

クラウスもまさか、百三十八ページであんな暴走をするとは……！　完全に当初のプロットにはなかった出来事に、私の頭の中で「エンダァアアアアイヤァァアァ」が流れていました（このネタ十代の子に通じるかな……⁉）。

こうして無事に二巻が出せたのも、本当に担当様のおかげです。番外編すぐに送る送る詐欺をやらかしてしまって申し訳ありません（土下座）。本当にありがとうございます。

また今回もほんっ…………（溜め）とうに素晴らしい数々のイラストを描いてくださった早瀬ジュン様！　ありがとうございます私は大変な幸せ者です（照）。そして私の謎日本語をぬるっと修正してくださった校正様、前回に引き続きとても素敵な表紙を作ってくださったデザイナー様、営業様、及び関係者の皆様方に、心よりのお礼を申し上げます！

何より今回も手に取ってくださった皆様に、いっぱい楽しんでいただけますように！

宮之みやこ

悪役令嬢はキャンピングカーで旅に出る
～愛猫と満喫するセルフ国外追放～

ぷにちゃん
［イラスト］キャナリーヌ

悪役令嬢として断罪されたミザリーは、隠していた超チートスキル「キャンピングカー」を使って、愛猫のおはぎと共に国を出る。
《レベルアップしました！》
えっ!?　トイレにキッチン、カーナビ、空間拡張に鑑定機能まで追加!?　走るだけで機能が増えていくキャンピングカーで快適な旅を送りつつ、前世で憧れていた焚き火やキャンプ飯を楽しんだり、村人と交流したり、さらには出くわしたスライムを倒したり。そうして旅を楽しんでいたら、行き倒れの冒険者を見つけて――!?　乙女ゲームのエンディング後から始まるアウトドアスローライフ開幕！

99回断罪されたループ令嬢ですが今世は「超絶愛されモード」ですって!?
～真の力に目覚めて始まる100回目の人生～

裕時悠示

[イラスト] ひだかなみ

聖女暗殺の濡れ衣を着せられ、冷酷皇子に婚約破棄されて処刑される人生を99回ループしてきた公爵令嬢アルフィーナ。しかし100回目の今世は真の力に目覚めてしまい、周囲の人間の〝心の声〟が聞こえるようになってしまってさぁ大変。

冷酷皇子や隣国王子に「実は超愛してた!」とか聞かされたり、聖女の醜い正体を知っちゃったり、ああっもう!「超絶愛されモード」なんて知りません、聖女に一発やり返したら国外逃亡しますので、皆さんついてこないでくださいね!!

DRE NOVELS

第1回ドリコムメディア大賞《金賞》

祓い屋令嬢ニコラの困りごと

伊井野 いと
［イラスト］きのこ姫

――その令嬢、前世、非凡な才能を持つ祓い屋!?

　不幸な死から西洋風の異世界に転生した子爵令嬢ニコラ・フォン・ウェーバー。そんな彼女は、ニコラの前だけ甘えたな美形侯爵ジークハルトとの再会をきっかけに、厄介事に巻き込まれてばかり。人にも人外からも好かれてしまう彼の面倒事を祓い屋スキルで解決する日々を送る中、今度はジークハルトから身分差違いの求愛を受けて波乱の予感……!?

「婚約するのも結婚するのも、私はニコラ以外嫌だよ」

　ドタバタなあやかしライフと、たまにじれったい恋愛を添えて――これは平凡な日常を求める彼女が、いつか幸せになるまでの物語。

薬師の魔女ですが、なぜか副業で離婚代行しています

小鳩子鈴
［イラスト］珠梨やすゆき

　魔法も仕事も半人前な落ちこぼれ魔女カーラ。本業では師匠亡き後の閑古鳥が鳴く薬局を営み、副業の離婚代行では依頼人はなぜか皆、復縁してしまう仕事っぷり。そんな彼女に、次の副業依頼が舞い込む。

「王妃陛下より薬師の魔女カーラへの下命だ。断ることは許されない」

「帯剣の屈強な男性が脅すなんて、さすが近衛騎士様はご立派ですね」

　王妃の使いながら魔女嫌いを隠せない騎士セインと、同じく騎士が嫌いな魔女カーラ。出会いから印象最悪、顔を合わせれば口論ばかりの二人がやんごとないカップルのゴタゴタに巻き込まれるうち、どうにかなるかもしれない話。

DRE NOVELS

DRE NOVELS

隠れ才女は全然めげない２
～義母と義妹に家を追い出されたので婚約破棄してもらおうと思ったら、紳士だった婚約者が激しく溺愛してくるようになりました⁉～

2023年12月10日　初版第一刷発行

著者　宮之みやこ
発行者　宮崎誠司
発行所　株式会社ドリコム
〒141-6019　東京都品川区大崎2-1-1
TEL　050-3101-9968
発売元　株式会社星雲社（共同出版社・流通責任出版社）
〒112-0005　東京都文京区水道1-3-30
TEL　03-3868-3275
担当編集　小原豪
装丁　AFTERGLOW
印刷所　図書印刷株式会社

ISBN978-4-434-33014-8

ファンレター、作品のご感想をお待ちしております。

右の二次元コードから専用フォームにアクセスし、作品と宛先を入力の上、コメントをお寄せ下さい。
※アクセスの際に発生する通信費等はご負担ください。